中华文化读本

第四卷　君子之道

余秋雨

中 华 书 局

《中华文化读本·君子之道》题记

　　纵观人类各大古文化，不管在空间上扩张到多大地域，时间上经历过多少荣衰，全都成了过眼云烟，却有一种成果留下来了，那就是这些文化所设计的集体人格。例如灵修人格、酒神人格、日神人格、绅士人格、骑士人格、浪人人格、牛仔人格，等等。中华文化所设计的，是君子人格。

　　中华文化历数千年而依然延续，成为人类各大古文化中唯一的幸存者，只因为，人格未溃，君子未亡。

　　孔子并未定义君子，却找出了君子的对立面进行边缘切割。这个对立面，就是小人。我认为中华文化的创建者们对后代最重要的遗嘱，就是做君子，不做小人。这个简单的遗嘱，胜过千卷万帙，应该让当代中国年轻人广泛知晓。

　　《君子之道》一书，概括了儒家关于君子品德的九方面教言，又论述了"君子之交"、"君子之名"、"君子之伪"、"君子之狱"等复杂课题，还以一篇长文《大地小人》系统地解析了君子的对立面小人。此外，又以自身感受，说明了佛教精神对于现代君子的重大启示。

本书内容，曾分别在美国华盛顿国会图书馆以及哈佛大学等处演讲。几十位已退休的华裔教授听后，一致认为君子之道是打开中华文化大门的最合适钥匙。

二〇一五年三月我又应邀赴台湾巡回演讲君子之道，在台北市、新北市、台中市、高雄市都掀起了很大热潮，各大报纸一一做了醒目的长篇报道。可见，一说君子，至今仍然足以感染中华。

目 录

《中华文化读本·中国文脉》题记

君子之道

君子之道

说明：二〇〇五年四月十二日下午，我应邀到美国华盛顿国会图书馆演讲。

图书馆根据当地华文读者的要求，给我出了一个题目：《文人的脚步》。意思很明白，要我着重讲述历险数万公里边走边写的体会。我觉得那些体会都已经写在书里了，不必重复，而我当时最想在国际场合讲述的，是中华文化的集体人格。因此就与他们商量，把讲题改成了《君子的脚步》。

后来在哈佛、耶鲁、马里兰等大学巡回演讲，也是围绕着这个课题。在哈佛演讲后，我与该校几十位退休的华裔教授座谈了两个晚上。他们一致认为，以"君子之道"为入口来讲述中华文化，是一个很好的思路。波士顿森林别墅中的美好夜晚，大家一边喝茶一边畅谈着"古之君子"，真是愉快。

这篇文章，就是我在那些演讲后整理的部分书面资料。

回想那天在国会图书馆演讲时，一位副馆长热情地说，我是他们历来邀请的演讲者中第一位中国大陆学者。在我之前，只有一位高官去过。因为是第一位，图书馆在演讲前举行了一个隆重的仪式。那就是，由图书馆的亚洲部主任和另一位官员，推着一辆金属架的运书车，绕场一周。车上，全是他们馆藏的我的著作。运书车推过的通道两边，听众们排排起立，以目光迎送。这场面，让我有点感动。

运书车最后终于推到了我的面前。我一看，立即与同去的妻子交换了一个眼色。妻子轻笑了一下，便用手指竖放在唇前。这是因为，车上有很大一部分是盗版书，但妻子希望我不要当场说破。

之前在美国的很多华文书店也看到过不少我的盗版书，还有一些署着我的名字却无一字出于我手笔的书，应该叫伪版书。一看就知道，全都出自大陆。真不知道那些神通广大的盗版集团如何打通了海外的管道，居然把美国的国会图书馆也给骗了。

比盗版和伪版更严重的是，多数外国人对中国文化也处于普遍的误读状态，其中包括不少学者。其实，造成这种情况的原因，首先是我们中国人自己的误读。这就像一个人，如果无法讲清楚自己是谁，那么，不管做什么事，对人对己都会是隔阂重重。因此，古希腊神庙墙壁上刻的那句哲言，永远让人惊悚："人啊，认识你自己！"

我说过，欧洲文艺复兴千言万语，其实只是轻声问了一声："我是谁？"此问一出，大家都从中世纪的长夜中苏醒，霞光满天。

前　论

一、最后一级台阶

文化有很多台阶，每一级都安顿着不同的项目。那么，最后一级是什么呢？

当然，最后一级不是名校，不是博士，不是教授，不是学派，不是大奖，不是国粹，不是唐诗，不是罗浮宫，不是好莱坞……

很多、很多"不是"。但是，它们每一项，都有资格找到自己的文化台阶，拂衣整冠，自成气象。它们很可能把自己看成是最后目标，最高等级，但实际上都不是。而且，它们之间，也互不承认。

世界各国的学者们，常常也在这么多文化项目间比轻重，说是非。意见总是吵吵嚷嚷，直到听到了一种声音，情况才发生一点变化。

这种声音说，文化的终极成果，是人格（personality）。

例如，中华文化的终极成果，是中国人的集体人格。复兴中华文化，也就是寻找和优化中国人的集体人格。

这也可以看作是文化的最后一级台阶。

首先以现代学理指出这个台阶的，是瑞士心理学家荣格（Carl Gustav Jung，1875-1961）。他曾经追随过弗洛伊德有关"无意识"、潜意识的研究，但又摆脱了其中的各种局限，认为只有"集体无意识"即集体人格才有普遍意义。对此，学术界曾经有过这样一个比喻：弗洛伊德找到了大海波涛下的暗礁，而荣格，则找到了暗礁下的海床。

二、有故乡的灵魂

更重要的是，荣格指出，"集体人格"并不是形成于当代人们的有生之年。最早的种子，可能在"神话"中就播下了。每个古老的民族都有很多"大神话"，后面还会引发出很多"小神话"，这就是荣格所说的"梦"。

神话和梦，都会以"原型"（archetype）、"原始意象"（primordial images）的方式成为一个民族的"自画像"（self-portrait），反复出现在集体心理活动中。

这一来，"集体人格"就具有了长期稳定的象征意义。照荣格的一个漂亮说法，成了"有故乡的灵魂"。

顺着这个思路，中国人的集体人格也是有"故乡"的。那"故乡"，首先是神话，例如"女娲补天"、"精卫填海"、"夸父追日"、"嫦娥奔月"等等。每一个中国人的灵魂深处，都埋藏着这些遥远的"故乡"。当然，神话只是起点，"集体人格"的原型建立，是一个复杂的人类学工程。对于一般人来说，只须明白，文化的最后一级台阶，就是为灵魂找到故乡，或者说，找到有故乡的灵魂。

这个课题，连很多等级不低的学者也不明白。

我想起一件往事。

二十几年前，我还在上海戏剧学院担任院长，与一位喜欢读书的顶头上司汪道涵市长成了朋友，建立了一种"好书交换"关系，约定发现好书，签名互赠。有一次，我送给他一部北京刚刚出版的古印度哲学《五十奥义书》，他立即回送我一部台湾中正书局出版的《西方思想家论中国》。过几天我告诉他，我读了里边刘耀中先生写的《中国与荣格》一文，对其中一段记述很感兴趣。

这段记述，介绍了荣格在自传中写到的接受中国学者胡适访问的情景：

他们谈《易经》，胡适告诉荣格说，他不太相信《易经》，并说那该是一种魔术和符咒。荣格听到后，急问他曾经尝试过没有，胡适点头。荣格再问他，《易经》卦内的答案是不是真实的，对他有没有帮助。

这一连串的问题，使胡适很难受。荣格也开始意识到，中国当代学者已渐渐走向西方的科学境界，对他们自己的传统文化有怀疑了。

——《西方思想家论中国》第 177 页

胡适认为《易经》是一种魔术和符咒，用的是西方近代科学思维。但他不知道，此刻坐在他眼前的这位西方公认的一流学者，却曾经深入研究过《易经》。我们不妨再读一段刘先生的介绍：

荣格为威廉的《易经》译本写了十七页的引言。荣格说，西方古代的科学与中国《易经》原则是共通的，但是与西方现代科学的因果律有很大的差别。因果律超越不过统计学，现代人比不上古代人的主观智慧。因果律把人的主观异化了，该是西方文明很大的毛病。

荣格并且发现，中国道家有"物极必反"的基本法则，远远超过西方人的思想。他指出，西方往往被"自我中心观"的魔鬼引导，而沿着所谓"高贵"的道路走向宗教经验将带来的硕果。于此，荣格观察到，道家的"物极必反"法则西方可以采用，唯有靠此，在西方互相冲突的人格和他们忘记了的另一半才会团圆，西方人士的痛苦内战才会结束。

——《西方思想家论中国》第 176-177 页

胡适比较荣格小十六岁，无论从年龄辈份上还是从学术辈份上都不能与荣格比肩。他显然没有读过荣格为《易经》写的那十七页引言，所以那天说得太草率了。荣格一听就着急，而且后来还是不断着急，一再"劝告中国文明绝对不要跟西方跑"。

荣格在以上引文中论述到中国哲学时，作为对照，提到了自己非常熟悉的"西方互相冲突的人格"。你看，人格，还是人格，他离不开这个命题。他认为，中国文化和西方文化的根本差异，正在于"人格"的不同，这是他的学术基点。

汪道涵先生他们这代人受五四新文化运动的影响很深，因此比较能够理解胡适对于《易经》等中国古典的隔阂，很不喜欢当时已经重新探头的"国粹"、"国学"等等概念，隐隐觉得那是改革开放的文化阻力。我向汪道涵先生解释道，我也不喜欢"国粹"、"国学"等等低级复古主义的提法，认为那是借用国家主义来实行排他主义，而且主要是排斥国内的其他艺术和学问；但是，从文化人类学的高度寻找民族生存的远古基因，与我们的现代化努力并不抵牾。让我高兴的是，汪先生虽然不熟悉荣格，却对弗雷泽（James George Frazer, 1854-1941）比较了解，读过《金枝》，这就使我们讨论荣格有了基础。

三、孙中山所说的文化

荣格见了胡适后，发现中国当代学者已经不明白自己传统文化中有些内容"远远超过西方人的思想"，不明白"西方互相冲突的人格"所造成的痛苦内战只有靠中国哲学才能结束。

其实，并不是所有的中国当代智者都是这样。

早在荣格见胡适之前很多年，中国最有现代思维的革命领袖孙中山在日本的一次演讲中，已经触及到西方文化和中国文化的差别，观点居然非常靠近荣格而不是胡适。他还借此，警告了日本的文化选择。

一九二四年，孙中山在日本神户的演讲中说：

西方的物质文明是科学文明，并最终发展为武力文明来压迫亚洲国家，这也就是中国自古以来所谓的"霸道"文化。而东方文明则是要远远超越它的"王道"文化。王道文化的本质就是道德和仁义。

你们日本民族既得到了欧美的霸道文化，又拥有亚洲的王道文化，对于世界文化的未来，日本究竟是要成为西方霸道的鹰犬，还是做东方王道的干城，都需要由你们日本国民自己去详审慎择。

后来的情况如何呢？七十多年之后，日本企业家稻盛和夫到中国天津演讲，他在引述了孙中山上面这段话后坦陈：

令人遗憾的是，日本不仅没有听从孙中山的这一忠告，反而一发不可收地走上了霸权主义的道路。

——《对话稻盛和夫》（四）第 85 页

请注意，孙中山虽然在作政治演讲，却把焦点全部集中在文化上：是王道文化，还是霸道文化。这两种文化，既有不同的精神归向，又有不同的表情姿态，因此也可以说是两种对立的集体人格。

孙中山认为，王道文化的集体人格是道德和仁义，霸道文化的集体人格是武力和压迫。他希望日本不要成为西方霸道的鹰犬，这里所说的"鹰犬"，又是一种人格形象。他把种种政治选择，都归因于文化选择。

王道、道德、仁义等等，大家都会说，但当这些文化理念全都沉淀为人格，而且由悠久的岁月沉淀为集体人格，别的人群要学，就不容易了。

四、中国人的人格理想

中国人的集体人格应该是什么样的呢？这个问题，既带有历史性、现实性，又带有理想型。

显然，这种集体人格必然与其他民族很不一样。

我可以再借一个外国人来说明这个问题。

这个人我说过多次，就是那位十六世纪到中国来的耶稣会传教士利玛窦。他对中国文化进行了数十年精深和全面的研究，很多方面已经一点儿也不差于中国文化人，但我们读完长长的《利玛窦中国札记》（China in Sixteenth Century：The Journals of Mathew Ricci）就会发现，最后还是在人格上差了关键一步。那就是，他暗中固守的，仍然是西方的"圣徒人格"

和"绅士人格"。

你看，有关中国文化的一切知识都具备了，一切腔调都逼真了，就是少了最后一步，最关键的一步，有关集体人格的这一步，他还只能是欧洲传教士，而不同于他大批亲如兄弟的中国好友。

那么，作为中国文化的最后一个层面的集体人格，又是什么呢？

与"圣徒"和"绅士"不同，中国文化的集体人格模式，是"君子"。

中国文化的人格模式还有不少，其中衍伸最广、重叠最多、渗透最密的，莫过于"君子"。这也可以说是一个庞大民族在自身早期文化整合中的"最大公约数"。

"君子"，终于成了中国人最独特的文化标识。世界上的其他民族，在集体人格上都有自己的文化标识。除了利玛窦的"圣徒人格"和"绅士人格"外，还有"骑士人格"、"灵修人格"、"浪人人格"、"牛仔人格"等等。这些标识性的集体人格，互相之间有着巨大的区别，很难通过学习和摹仿全然溶合。这是因为，所有的集体人格皆如荣格所说，各有自己的"故乡"。从神话开始，埋藏着一个遥远而深沉的梦，积淀成了一种潜意识、无意识的"原型"。

"君子"作为一种集体人格的雏形古已有之，却又经过儒家的选择、阐释、提升，结果就成了一种人格理想。儒家先是谦恭地维护了君子的人格原型，然后又鲜明地输入了自己的人格设计。这种在原型和设计之间的平衡，贴合了多数中国人的文化基因和文化选择，因此儒家也就取得了"独尊"的地位。

不少中国现代作家和学者喜欢用激烈的语气抨击中国人的集体人格，揭示丑恶的"国民性"。看似深刻，但与儒家一比，层次就低得多了。儒家大师如林，哪里会看不见集体人格的毛病？但是，从第一代儒学大师开始，就在淤泥中构建出了自己的理想设计。

这种理想设计一旦产生，中国文化的许许多多亮点都向那里滑动、集中、灌注、熔合。因此，"君子"两字包罗万象，非同小可。儒家学说的最简捷概括，即可称之为"君子之道"。甚至，中国文化的钥匙也在那里。

对中国文化而言，有了君子，什么都有了；没有君子，什么都徒劳。

这也就是说，人格在文化上，收纳一切，沉淀一切，预示一切。

任何文化，都是前人对后代的遗嘱。最好的遗嘱，莫过于理想的预示。

后代应该成为什么样的人？中国文化由儒家作了理想性的

回答：做个君子。

做个君子，也就是做个最合格、最理想的中国人。

我一直认为，中国文化没有沦丧的最终原因，是君子未死，人格未溃。

中国文化的延续，是君子人格的延续；中国文化的刚健，是君子人格的刚健；中国文化的缺憾，是君子人格的缺憾；中国文化的更新，是君子人格的更新。

如果说，文化的最初踪影，是人的痕迹，那么，文化的最后结晶，是人的归属。

五、"小人"的出现

儒家在对"君子"进行阐述的时候，采取了一种极为高明的理论技巧。那就是，不直接定义"君子"，只是反复描绘它的对立面。

"君子"的对立面，就是"小人"。

用一系列的否定，来完成一种肯定。这种理论技巧，也可称之为"边缘裁切法"，或曰"划界确认法"。这种方法，在逻辑学上，是通过确认外延，来包围内涵。

因此，"小人"的出现，对"君子"特别重要。其实不仅在理论概念上是这样，即使在生活实际中也是这样。如果没有小人，君子就缺少了对比，显现不出来了。

"小人"，在古代未必贬义，而是指向着一些低微的社会地位和生态群落。诚如俞樾在《群经平议》中所说："古书言君子、小人，大都以位言，汉世说如此。后儒专以人品言君子、小人，非古义也。"

但是，生态积淀人品。终于，这组对比变成了人品对比。我认为，"后儒"的这种转变，亦合"古儒"之意。

君子和小人的划分，使君子这一人格理想更坚硬了。在汉语中，"人格"之"格"，是由一系列拒绝、摆脱、否决来实现的。在君子边上紧紧贴着一个小人，就是提醒君子必须时时行使推拒权、切割权，这使君子有了自立的框范。

君子和小人的划分，并不一定出现在不同人群之间。同一群人，甚至，同一个人，也会有君子成分和小人成分的较量。我说过，连我们自己身上，也潜伏着不少君子和小人的暗斗。这也就构成了我们自己的近距离选择。唐代吴兢在《贞观政要·教戒太子诸王》中说：

> 君子、小人本无常。行善事则为君子，行恶事即为小人。

> ——《贞观政要》第一二九页

这就说得很清楚了，其间的区分不在于两个稳定的族群，而在于与我们内心的一念之差，我们行为的一步进退。我觉得这种思想，与萨特（Jean-Paul Sartre，1905-1980）存在主义哲学中有关"由选择决定人的本质"的论述颇为相近，却又早了萨特那么多年。

儒家让君子和小人相邻咫尺，其实也为人们提供了自我修炼长途中的一个个岔道，让大家在岔道口一次次选择，然后，才说得上谁是君子。

君子，是选择的结果。小人，是儒家故意设定的错误答案。设定错误答案的目的，不是为了让你选错，而是为了让你选对。

六、有效遗嘱

儒家对后世的遗嘱——做君子，不做小人，有没有传下来呢？

传下来了。而且，传得众人皆知。只要是中国人，即使不通文墨，也乐于被人称为君子，而绝不愿意被人看作小人。如此普及千年，如此深入人心，实在是一种文化奇迹。

由此，儒家的遗嘱，也就变成了整个中国文化的主要遗嘱。

这一现象传达了一个奥秘，那就是，最重要、最有效的遗嘱，总是与做人有关。

回想一下，孔子本来是有完整的计划的，"修身、齐家、治国、平天下"，但一辈子下来，治国、平天下的目的不仅自己没有达到，而且讲给别人听也等于对牛弹琴。十余年辛苦奔波于一个个政治集团之间，都没有效果。回来一看，亲人的离世使"齐家"也成了一种自嘲。最后，他唯一能抓住的，只有修身，也就是让自己做个什么样的人。因此，他真正实践了的遗嘱，可让别人信赖的遗嘱，也只有这一条。"修身"本是他计划的起点，没想到，起点变成了终点。

不错，做人，是永恒的起点，也是永恒的终点。

因为与人人有关，所以能够代代感应，成为有效遗嘱。

一定有人不赞成，认为君子之道流传那么久，产生真正完美君子的比例并不高。因此，不能认为"有效"。

其实，人类历史上任何民族的理想人格设计，都不具备"即时打造、批量生产"的功能。君子之道也一样，这是一种永不止息的人格动员，使多数社会成员经常发觉自己与君子的差距，然后产生"见贤思齐"、"景行行止"的向往，而不是立即急着搭建一个名不副实的"君子国"。

本　论

既然君子之道是中国文化的主要遗嘱，那么，古人心中的君子应该是什么样的呢？

这是我多年来特别想做的一件事，那就是为今天的年轻读者介绍君子之道的简单轮廓。

不要看不起简单，请相信，任何祖先遗嘱都不会艰深复杂。艰深复杂了，一定不是最重要的遗嘱，也不值得继承。

我选出的君子之道，有这样九项：

君子怀德；

君子之德风；

君子成人之美；

君子周而不比；

君子坦荡荡；

君子中庸；

君子有礼；

君子不器；

君子知耻。

下面我一点点解释。

一、君子怀德

如果要把君子的品行简缩成一个字，那个字应该是"德"。因此，"君子怀德"，是君子之道的起点。

德是什么？说来话长，主要是指"利人、利他、利天下"的社会责任。

"利天下"是孟子说的，在《孟子·尽心》中讲到墨子的时候有"摩顶放踵利天下"的说法，意思是只要对天下有利，不惜浑身伤残。

当然，这是太高的标准，一般人达不到，因此还是回过头去，听听孔子有关"君子怀德"的普遍性论述。

孔子说：

君子怀德，小人怀土；君子怀刑，小人怀惠。

——《论语·里仁》

这里所说的君子、小人，就主要是指地位，而不是人品。对这句话的注释，还是朱熹《四书章句集注》做得最好。朱熹是这样注的：

> 怀，思念也。怀德，谓存其固有之善。怀土，谓溺其所处之安。怀刑，谓畏法。怀惠，谓贪利。君子、小人趣向不同，公私之间而已关。

按照朱熹的说法，君子、小人的差别，根子上是公、私之间的差别。以公共利益为主要思念，便是君子；以私自利益为主要思念，则是小人。

因为这里所说的小人是指普通百姓，所以"怀土"、"怀惠"也算不上恶。但是孔子认为，即使是普通百姓，如果永远地思念立足的自家乡土而不去守护天良大善，永远地思念私利恩惠而不去关顾社会规范（怀刑），那也就不是君子情怀。

在朱熹看来，人的本性中都存在着"利人、利他、利天下"的善根，而且是固有的，与生俱来的，古已有之的，因此也是稳定潜藏的。君子的责任，就是发掘自己的"固有之善"，肯定他人的"固有之善"，由此构成德的基础。

孔子把"德"和"土"并列为一个对立概念，这是现代人不容易理解的。这里的"土"是指脚下的土地，意指一种最原始的占有。因此，与那种不在乎私自占有的道德形象构成了对比。

对于这个问题，儒家经典《礼记·大学》中有一个很有意思的论述，对君子心目中的轻重关系作了一个排列。在这个排列中，第一是德，第二是人，第三是土，第四是财。结论是，德是本，财为末。原文如下：

> 君子先慎乎德。有德此有人，有人此有土，有土此有财，有财此有用。德者，本也；财者，末也。
>
> ——《大学》第十章

这段话，如果用我的语言方式来说，就会是这样：

> 作为君子，放在人生最前面的必须是道德。有了道德，才会有真正的人；有了人，才会有脚下的土地；有了土地，才会产生财物；有了财物，才能有所享用。因此，道德是本，财物是末。

有一种说法更彻底，认为道德与财物之间，并不是平列的先后关系，而是承载和被承载的关系。那就是《周易》里的那句千古名言：

君子以厚德载物。

——《周易·象传》

"厚德载物"可以有两种解释，那就是把"厚"看成动词，还是形容词。

如果看成动词，意思就是：先要培植、加重德性，然后可以承载万物；

如果看成形容词，意思就是：只有以厚重、稳固的道德为基座，才能承载万物。

这两种意思，没有什么差别，那就是确定了"德"和"物"这两者之间的主、属关系，厚、薄关系。

历来也有很多富豪行善，可惜他们往往是"厚物载德"，也就是厚积大量财物，然后浮现一些善行。他们的居所里，很可能也挂着"厚德载物"的牌匾，但在行动上却轻重颠倒了。

轻重颠倒还算好，更要防范的是本末倒置。

如果本末倒置，将会如何？《潜夫论》认为："无德而贿丰，祸之胎也。"

那么，为什么人们常常在"德"和"物"的问题上轻重颠倒、本末倒置呢？因为，一般人总会把土地和财物的占有看成是一种力量，直到今天还是这样。因此荀子说了八个字：

君子以德，小人以力。

——《荀子·富国第十》

这是在说立身之本。君子立身于德，小人立身于力。即使君子拥有了力，那也要以德为归，以力弘德。总之，德是主宰，主宰着财，主宰着物，主宰着力。

西方近代社会，主要着眼于力。我国当代很多人片面地慕访，又变本加厉，把德和力的关系颠倒了。他们崇尚"成功"，甚至从童年开始，就永远地弥漫着"输赢"的符咒，一直贯穿终身。他们所说的"成功"和"赢"，也就是荀子所警惕的"力"。按照儒家哲学，这是一条背离君子之道的不归路。

不妨设想一下，多少年后，我们居住的城市和街道，拥挤着一个更比一个"成功"的"力士"，摩肩接踵，气宇轩昂，我们还敢继续住下去吗？我们真正企盼的，究竟是什么？

在中国古代经典中，德，还有一些邻近概念，譬如仁、义等等。这些概念是有差异的，我在这里不作精细辨析了，只把它们当作"君子怀德"这一基本命题的衍伸。它们都用近似的内涵说明了一个公理：良好的品行，是君子之魂，也是天下之盼。

对此，孟子照例说得特别深刻。他一再把君子逼到人之为人的最后底线，认为人与禽兽的区别就在于仁义道德，因此真正的君子不惜"舍生取义"。对于这种思路，程颐解释道：

> 君子所以异于禽兽者，以有仁义之性也。
>
> ——《二程遗书》卷二十五

孔子对"仁"的定义是"仁者爱人"。于是，以后人们说到"仁"，总是包含着爱。例如《盐铁论》所说"仁者，爱之效也"；《淮南子》所说"仁莫大于爱人"等等。

至于"义"，孔子更是斩钉截铁地提出"君子喻于义，小人喻于利"（《论语·里仁》）。他所说的"喻"，意为"明晓"、"懂得"、"了解"。那么，什么是义？大致是指由道德出发的社会正道。相比之下，"仁"较软而"义"较硬，正如《扬子法言·君子》所说：

> 君子于仁也柔，于义也刚。
>
> ——《扬子法言·君子》十二

一柔一刚，合成道德，然后合成君子。

对于这个问题，唐朝的魏徵作了简明的概括，他在《十渐不克终疏》中说：

> 君子之怀，蹈仁义而弘大德；小人之性，好谗佞以为身谋。

这种划分，早在屈原的作品中就已经出现，而到了唐代这么一个诸般生命力一起勃发的时代，对文化品性的重新裁划就显得更加重要了。因此，屈原的个人评判变成了一种社会共识。例如，"好谗佞"这三个字，显然已经成为中国文化法典中的大恶条款。把这三个字翻译成现代话，句子会长一点，就是"习惯于用谣言毁人，热衷于以媚态奉迎"。这种人当然应该判定为小人。

与之相反，君子的本质也展现出来了，"蹈仁义而弘大德。"

二、君子之德风

在说了"君子怀德"之后，立即跟上"君子之德风"，有一种紧密的逻辑理由。尽管，这几个字对当代读者来说已经比较陌生。

来源，是孔子在《论语·颜渊》中的一段话：

> 君子之德风，小人之德草，草上之风，必偃。

可以这样翻译：

> 君子的道德像风，民众的道德像草。风吹向草，
> 草就随风倾伏。

这一论述，指出了君子的德行必须像风一样影响大众。孔子在这里所说的"小人"，仍然是指社会地位上的小民。因为有了他的这个说法，小民也经常被称作"草民"。

把民众比之为草，并非贬损。草，这种依附大地的广泛存在，一旦生根就难于挪移，一切动静、荣枯，只能依凭外在力量。风，就是让草进入动态的外在力量。但是，风来自何方，却是一个问题。

孔子主张，左右民众动态的风，应该是道德之风，君子之风。

这个观点又引伸出了另一番意义：凡是道德，便应成风；凡

是君子，便应成风。

社会上，不管是风尚、风气、风范，还是风潮、风俗、风情，这些"风"的起点，都应该包含"君子之德"。

这一来，既涉及了社会走向，又涉及了君子职责。

在社会走向上，儒家反对放任。孔子所说"小人怀土"，正是指出了普通民众的草根性、狭隘性、黯昧性、占据性。对他们，君子必须把自己高贵的生命能量变成风气，进行传播和梳理。

一个君子，如果自认为具有仁义大德，却默而不语，不作传播，那么，他对社会的仁义何在？对民众的大德何在？仁义大德是一种有对象的"他向行为"，关及的对象越多，就越有价值。所以荀子说："仁者好告示人"（《荀子·荣辱第四》）。在儒家看来，不"告示人"的仁德，就不是真正的仁德。

儒家的这一思想，如果用现代话语来表达，那就是：崇尚精英主义，否定民粹主义；主张道德传扬，反对君子自闭。

遗憾的是，历代总有不少官僚玩弄"民瘼"、"民情"、"乡愿"等概念，利用民众的草根性、狭隘性、黯昧性、占据性来赚取"官声"，实际上是在斫伐公众伦理。儒家要求用道德之风来吹拂草，这些人却借草扬风，结果只能沙尘满天，使得一个个君子埋在草丛之中灰头土脸。

这一来，连很多具有社会责任感的君子，也已经很难相信道德之风的生命力了。

是啊，在那么多上上下下的干扰中，君子的道德之风还能吹得远吗？

对于这个问题，《尚书》的回答气象非凡：

> 惟德动天，无远弗届。
>
> ——《尚书·虞夏书》

《尚书》认为，道德本是天意，不必寻找它能够传播开去的具体原因。只须立德，便能动天，一旦动天，天下尽归。

这一古老的话语，乍一听带有开天辟地时代不容争议的霸气，却能让我们联想到德国十八世纪哲学家康德（Immanuel Kant，1724-1804）关于道德是"第一命令"、是"天律"的论述。

从天上回到地下，道德能够广泛传播，还由于人心。人心之中埋有固有之善，往往缺少召集。就像我们经常在自然灾害的现场看到的那样，一旦面对伤残对象，许多素昧平生的人立即同时伸出援手。这才发现，人与人之间的道德居所并不遥远，而是非常邻近。那又要让人想起孔子的名言了：

德不孤，必有邻。

——《论语·里仁》

在这一点上，孔子是"道德乐观主义者"。他相信普遍人性，随之相信天下君子不会孤独。他把《尚书》所说的"动天"，与"动心"连在一起了，又把"动心"看作是一种密集的集体现象。

孔子的这个说法非常温暖，使很多弘德行善的君子即使一时感到孤独，也会保持信心。他们渐渐明白，即使是荒僻的村舍，即使是陌生的街市，都可能是道德载体。

一时孤独了，一定别有原因，而不能归因于自己对德的承担。道德不会孤独，那么，承担者也不会孤独。

老子与孔子不同，并不是"道德乐观主义者"，而且也不希望真正有德之人过于自得（"上德不德，是以有德"）。但是，即便是他，也认为不断地积累道德就能无往不胜。他说：

积重德则无不克。

——《老子》五十九章

墨家不喜欢儒家宣讲道德的方式，但在实践行为上，却是树立了令人感动的大德形象。他们的"德风"，往往以群体性的侠义壮举来传扬，令人振奋。

　　总之，积极传扬仁义大德，是中国文化对于君子品行的一个重要共识。

三、君子成人之美

　　这句话，浅显易懂，传播广泛，已成为中国民间判别君子的一个通俗标准。当然，这个通俗标准并不浅显。

　　话是孔子说的，整句如下：

　　君子成人之美，不成人之恶。小人反是。

　　　　　　　　　　　　　　　　——《论语·颜渊》

　　"美"的概念，在人类古代常常与"善"交溶在一起，很难明晰分开。到了孔子的时代，已经有"尽善尽美"的说法，这就意味着"美"已经可以与"善"并立，具有某种独立性了。但是，孔子在这句话中，为"美"设定的对立面是"恶"而不是"丑"，因此又与"善"近义，大致是"好事"的意思。

　　"成人之美"，也就是促成别人的好事。这里的"人"，并不仅仅是指家人、友人、认识的人，而是范围极大，广阔无边。

孟子在《公孙丑》中所说的"君子莫大乎与人为善",以及后来唐代《贞观政要》中所说的"君子扬人之善,小人许人之恶",等等,都让人联想到孔子"成人之美"的说法。而且这些说法确实也可以看成是"同义联璧"。但是细细辨析,这里的"美"和"善"还是有区别的。

例如救穷、赈灾、治病、抢险,只能说是"与人为善",而不便说是"成人之美"。"成人之美"更多的是指促成良缘、介绍益友、消解误会、帮助合作等等。总之,"成人之美"偏重于锦上添花的正面建设,而且具有一定的形式享受。

这里也体现了"君子"与"好人"的微妙差别。"好人"必然会"与人为善",但"君子"除了"与人为善"之外,还会"成人之美"。在灾难面前,"君子"与"好人"做着同样的事,但在无灾的日子里,"君子"更会寻找正面意义的形式享受。为此,他们比"好人"似乎更高雅一点。

接下来,还应该辨析一下这个命题的对立面:"成人之恶"。

"成人之恶"的"成"有三种可能——

第一种可能,恶已开始,帮其完成。例如,为殴人者提供木棍,为造谣者圆了谎言;

第二种可能,恶未开始,从头酿成。例如,怂恿少年吸毒,挑拨夫妻反目;

第三种可能，攻善为恶，伪造而成。这主要是指用谣言、诽谤等手法沾污他人，大体上与《贞观政要》所说的"訐人之恶"相近。这里的"訐"，读音为"劫"，意思也差不多。

三个"成"，哪一个是"成人之恶"中的"成"？我觉得，都是。与这三个"成"字相对应，那个"人"字也就有了三种含义。如前所述，为"半恶之人"、"被恶之人"、"非恶之人"，结果，都成了"恶人"。因此"成人之恶"是一项多方位的负面社会工程。

如此仔细地辨析了"成人之恶"，那么，我们也就能进一步对"成人之美"理解得更深入一点了。

"成人之美"也是一项多方位的社会工程，只不过都是正面的。大体上也分为三种可能——

使未成之美尽量完成；

使未起之美开始起步；

化非美为美，也就让对方由黑暗转向光明，由污淖攀上堤岸。

"成人之美"和"与人为善"，都具有明显的"给予"主动，都体现为一种带有大丈夫气质的积极行为。

"给他人的，全是好心"；"见到善事，即伸援手"；"除了兼爱，还是兼爱"……，这些美意，实在是人类世界的光明面。

一个人，究竟是"成人之美"还是"成人之恶"，这种极端性的是非选择，显现在日常生活中，很可能是非常细微的。例如，这边在中伤一个无辜者，你知道真相而沉默，那就是成人之恶；那边在举行一个婚礼，你素昧平生却投去一个祝贺目光，那就是成人之美……

　　这么说来，任何人在任何时刻都有选择做君子的机会，那是一种"水滴石穿"的修炼。不必等待，不必积累，君子之道就在一切人的脚下。而且，就在当下。

　　既然渗透到了日常生活中，那么，如何在细微事件中快速评判善恶是非呢？孔子相信，评判的标尺就藏在我们自己的心底。那就是，自己不想碰到的一切，绝不要强加到别人身上去。这个标尺很简捷，也容易把握，因此，几乎所有的中国人都知道下面八个字：

　　　　己所不欲，勿施于人。

　　　　　　　　　　　　　　　　——《论语·颜渊》

　　这就为"成人之美"、"与人为善"找到了每一个人都可以自行把握的内心依据。

　　西方文化正如孙中山先生指出的，习惯于把自己的理念通过很霸道的方式强加在别人头上；而中国文化则认为，天伦大道藏在每个人的心底，只要将心比心就可以了。

四、君子周而不比

原文见《论语·为政》。孔子说：

> 君子周而不比，小人比而不周。

"周"和"比"的意思，与现代语文有较大的距离了，因此需要做一些解释。

这两个字，到朱熹时代就已经不容易解释。朱熹注释道，"周，普遍也。比，偏党也。"当代学者李泽厚根据朱熹的注解，在《论语今读》中作了这样的翻译："君子普遍厚待人们，而不偏袒阿私；小人偏袒阿私，而不普遍厚待。"

这样的翻译，虽然准确却有点累，李泽厚先生自己也感觉到了，因此他在翻译之后立即感慨孔子原句的"言简意赅"、"便于传诵"。

其实，我倒是倾向于坊间一种更简单的翻译：

君子团结而不勾结，小人勾结而不团结。

两个"结"字，很好记，也大致合乎原意。因为征用了现代常用语，听起来还有一点幽默。

不管怎么翻译，一看就知道，这是在说君子应该如何处理人际关系的问题了。

其实，前面几项都已涉及人际关系。但是，无论是"怀德"、"德风"，还是"成人之美"，讲的都是大原则。明白了大原则，却不见得能具体处理。有很多君子，心地善良，却怎么也不能安顿身边人事。因此，君子之道要对人际关系另作深论。

"周而不比"的"周"，是指周全、平衡、完整；而作为对立面的"比"，是指粘连、勾搭、偏仄。对很多人来说，后者比前者更有吸引力，这是为什么？

这事说来话长。人们进入群体，常常因生疏而产生一种不安全感，自然会着急地物色几个朋友，这很正常。但是，接下来就有鸿沟了：有些人会把这个过程当作过渡，朋友的队伍渐渐扩大，自己的思路也愈加周全，这就在人际关系上成了君子；但也会有不少人把自己的朋友圈当作小小的"利益共同体"，与圈子之外的多数人明明暗暗地比较、对峙。时间一长，必然延伸成一系列窥探、算计和防范。显然，这就成了小人行迹。

这么说来，"周而不比"和"比而不周"之间的差别，开始并不是大善大恶、大是大非的分野。但是，这种差别一旦加固和发展，就会变成两种截然不同的人格系统。

在人际关系中的小人行迹，最明显地表现为争夺和争吵。这应该引起君子们的警惕，因为不少君子由于观点鲜明，刚正不阿，也容易发生争吵。一吵，弄不好，一下子就滑到小人行迹中去了。那么，为了避免争吵，君子能不能离群索居，隔绝人世？不能，完全离开群体也就无所谓君子了。孔子只是要求他们，入群而不裂群。因此，他及时地说了这段话：

> 君子矜而不争，群而不党。
>
> ——《论语·卫灵公》

这次李泽厚先生就翻译得很好了："君子严正而不争夺，合群而不偏袒。"

作为老友，如果要我稍稍改动一下文字，我会把"争夺"改成"争执"，把"偏袒"改成"偏执"。两个"执"，有点韵味，又比较有趣，而且意思也不错。

那就改成了这样一句："君子严正而不争执，合群而不偏执。"

孔子所说的这个"矜"字，原来介乎褒贬之间，翻译较难，用当今的口头语，可解释为"派头"、"腔调"、"范儿"之类，在表情上稍稍有点作态。端得出这样的表情，总不会是"和事佬"，免不了要对看不惯的东西说几句重话吧？但孔子说，君子再有派头，也不争执。这句话的另一番意思是，即使与世无争，也要有派头。那就是不能显得窝囊、潦倒，像孔乙己。是君子，必须要有几分"矜"，讲一点格调。

"群而不党"，如果用现代的口语，不妨这样说：可以成群结队，不可结党营私。甚至还可以换一种更通俗的说法：可以热热闹闹，不可打打闹闹。

"党"这个字，在中国古代语文中是指背离普遍、完整、兼爱，趋向抱团、分裂、互损，与君子风范相悖。

更麻烦的是，只要结党营私，小团体里边的关系也会日趋恶劣。表面上都是同门同帮，暗底里没有一处和睦。这种情况可称之为"同而不和"。与之相反，值得信赖的关系，只求心心相和，不求处处相同，可称之为"和而不同"。这两种关系，何属君子，何属小人，十分清楚，因此孔子总结道：

君子和而不同，小人同而不和。

——《论语·子路》

这句话也描绘了一个有趣的形象对比：君子，是一个个不同的人；相反，小人，一个个都十分相似。因此，人们在世间，看到种种不同，反而可以安心；看到太多的相同，却应分外小心。

由此，我们已经涉及到了君子和小人的整体气貌。

五、君子坦荡荡

这就是整体气貌了。

从上面的分析可以知道，在人际关系中，小人要比君子劳累得多。

小人的劳累至少有以下几个方面。

小人要"结党营私"，必须制造敌人，窥探对手，敏感一切信息，终日战战兢兢；

小人要"成人之恶"，必须寻找恶的潜因，恶的可能。随之，还要寻找善的裂纹，美的瘢痕；

不管是"结党营私"还是"成人之恶"，都必须藏藏掖掖，遮遮掩掩，涂涂抹抹，费尽心机；

如前所说，即便在自己的小团体内，他们也在彼此暗比，互相提防。比了，防了，又要表现为没比，没防，在嘻哈拥抱中伪装成生死莫逆、肝胆相照，这该多劳累啊。

这么多劳累加在一起，真会使任何一个人的快乐被扫荡，轻松被剥夺，人格被扭曲。结果如何，可想而知。人们历来只恨小人天天志得意满，却不知他们夜夜心慌意乱。

君子当然也劳累，但性质完全不同。君子要行仁、践义、利天下，即便缩小范围，也要关顾到周围所有的人，达到"周"的标准，能不劳累吗？只不过，这种劳累，敞亮通达，无须逃避质疑的目光，无须填堵已露的破绽，无须躲闪明亮的天光。这一来，劳累也就减去了一大半。剩下的，全是蓝天白云下的坦然畅然。

正是对面这种区别，孔子说话了：

君子坦荡荡，小人长戚戚。

——《论语·述而》

这句话，在中国非常普及。它纠正了民间所谓"做好事受罪，做坏事痛快"的习惯性误解，指出究竟是"受罪"还是"痛快"，需要从心境上寻找答案。答案，与民间的误解正恰相反。

小人很想掩盖"戚戚"，因此总是夸张地表演出骄傲、骄横、骄慢、骄躁。什么都能表演，唯独不能表演坦然泰然。这正如，变质的食品可以用各种强烈的调料来包裹，唯独不能坦白地展示真材实味。

这个意思，孔子用另一句话来表明：

君子泰而不骄，小人骄而不泰。

——《论语·子路》

在这里，"泰"，就是"坦荡荡"；而"骄"，就是为了掩盖"戚戚"而作出的夸张表演。

"泰"、"坦荡荡"，都是因为自己心底干净，无愧无疚，没有什么好耽忧的，更没有什么好害怕的。这样的君子，无论进入什么情形都安然自得，即《礼记·中庸》所说的"君子无入而不自得焉"，"上不怨天，下不尤人"，真是一种自由境界。由此孔子得出了又一个重要结论："君子不忧不惧。"为什么能够不忧不惧？理由是："内省不疚，夫何忧何惧？"

这个重要结论，出现在《论语·颜渊》里，让人欣喜地感受到一种因光明磊落而产生的爽朗和豪迈。

当然，君子也会有忧虑的，那就是在面对更高的精神目标的时候。例如，孔子所说的"君子忧道不忧贫（《论语·卫灵公》）；孟子所说的"君子有终身之忧，无一日之患"（《孟子·离娄下》）。也就是说，君子对每天的得失，可以全然不忧不惧，但对大道的沉浮，却抱有一辈子的耽忧。

孔子、孟子所描述的这种君子形象，似乎只是一种理想。但是，我们只要闭目一想，中国历史上确实出现过大批德行高尚又无所畏惧的君子，世代传诵，成为中华民族的精神支撑。由此可见，这样的君子不仅可敬可仰，而且可触可摸。孔孟教言，并非虚设。

六、君子中庸

中庸，是儒家设定的思维杠杆。

但是，他们又把这种思维杠杆看成是君子应有的美德，并且颁布了一个判别基准：

> 君子中庸，小人反中庸。
>
> ——《礼记·中庸》

孔子甚至不无激动地说：

> 中庸之为德也，其至矣乎！
>
> ——《论语·雍也》

这就把中庸说成了最高道德。

"中"是指避开两头的极端而权衡出一个中间值；"庸"，是指一种寻常实用的稳定状态。这明明属于方法论的范畴，怎么会成为一种最高道德呢？

主要原因，与文明的艰难历程有关。

人类在开始拓植文明之后的很长时间，艰险的环境危及生存，不得不处处运用过度之力。面对荒昧，面对野蛮，面对邪恶，若不超常用力，怎么能够活下来？终于，活下来了，那又必定加倍地动用重力、暴力、武力进行自卫和惩罚。既然一切都以超常的形态出现，当然又会引发更加超常的报复。时间一长，以暴易暴，成了人类生活的第一规则，几乎谁也免不了。连不少仁慈的宗教，也发动了一次次宗教战争。强大、威武、雄蛮，变为多数权势者和庇荫者的人格企盼，也成为大家的生存方略。在这种情况下，谁都不敢承认，却又不能不承认，人类正由越演越烈的杀伐程序走向自毁自灭。

一切都起之于过度用力，又以道义的借口让那些过度之力走向了极端主义。极端主义，听起来好像是一个现代命题，其实在遥远的古代已经是一个广泛渗透的意识形态。

明白了这么一个整体背景，我们也就懂得，孔子为什么要把中庸思想说成是最高道德了。

他很清楚，如果种种极端不受控制，人类的灾难必将无穷无尽；那么，靠什么来控制极端呢？一定不是另一种极端方式，而只能是中庸。

中庸思想要求，"执其两端，用其中于民。"（《礼记·中庸》）"执"，是指执行和掌控，那也就是说，把两端掌控住了，只取用两端之间的"中"，才可能有利于万民。这个"中"，就是处于中间部位的一个合适支点。这个支点不同于两端，却又照顾着两端，牵制着两端，使两端不要"悬崖滑落"。因此，这个"中"，不仅避免了两端的祸害，而且也挽救了两端，所以成了最高道德。

孔子对这种思维的概括是四个字："允执厥中"。

这里边的"厥"字，在古文中是代词，与"其"字同义，因此这四个字也可以说成"允执其中"。允，是指公允、实在。连在一起，就是好好地执行中庸之道。

孔子坦陈，这个说法不是他自己发明的，而只是在复述古代尧帝对舜帝的嘱咐。

那天，尧对舜说：

> 咨！尔舜！天之历数在尔躬，允执厥中，四海困穷，天禄永终。

——《论语·尧曰》

翻译一下，大体是：

> 咳，你，舜啊！上天的命数已经落到你身上，好
> 好地执行中庸之道吧。要是四海困穷，你的天命也就
> 永远终结了。

那么，舜是怎么做的呢？他的做法，就是上文提到的"执
其两端，用其中于民"，完全没有辜负尧的嘱咐。

你看，尧、舜，以及中华文明的其他创建者，都把上天命数、
四海生机都与中庸思想紧紧相连，可见其重要。

"允执厥中"这四个字，我们还能在《尚书》中看到：

> 人心惟危，道心惟微，惟精惟一，允执厥中。
> ——《尚书·大禹谟》

用通俗一点的话来说就是：人心崩溃，大道难见，唯一可行
的，是好好地执行中庸之道。

这也就是说，产生"人心惟危，道心惟微"的困局，全是

因为脱离中道，走了极端。

把中庸看成是至高无上的天理、天命、天道，这与"天人合一"的基本思维有关。中华文明的基础是农耕文明，紧紧地依赖着四季循环、日月阴晴，因此很清楚一切极端主义都不符合天道。夏日炎热到极端必起秋风，冬天寒冷到极端即来春天，构成一个否定极端主义的生态循环圈。《周易》用一贯神秘的语气宣布：

刚中而应，大亨以正，天之命也。

——《周易·象传》

一"中"一"正"，实为天命，不该违背。

现代社会有一个重大误会，常常以为中庸是平庸，激烈是高尚。进一步，又把中庸者看成是小人，把激烈者看成是君子。但是，伟大的古代哲人告诉我们，事情正好相反。

那些在两个悬崖之间低头为普遍民众找一条可行之路的，一定是君子；相反，那些在悬崖顶端手舞足蹈、大喊大叫、装扮勇猛的，一定是小人。所以又可回到我们这一论述的起点："君子中庸，小人反中庸。"

这句话的另一种说法是："小人极端，君子反极端。"

环视全人类，这种中庸思想，或者说这种从属于君子之道的中庸之道，为中华民族所独有。国外也有"取中间值"的方法论，但不像中华民族那样，把中庸奉为至高，不可或缺。

中国的古代哲人把中庸看成是存亡的关键，而事实证明，中华文明确实成了人类古文明中唯一没有中断或湮灭的幸存者。

据我本人对各大古文明遗址的实地考察、对比、研究，确认中庸之道是中华文明长寿的最重要原因。正是这种坚守中间态、寻常态、随和态的弹性存在，使中华文明避过了无数次断裂和崩塌。

相比之下，直到今天，世界上很多国家和民族，不管经济情况如何，都喜欢炫耀极端。要让他们了解中庸，执行中庸，实在非常困难。

七、君子有礼

君子的种种思想品德，需要形之于约定俗称的行为规范，这便是礼。由礼构成仪式，便是礼仪。

精神需要赋形，人格需要可感，君子需要姿态。这不仅仅是一个"从里到外"的过程，而且也能产生"从外到里"的反馈。那就是说，当外形一旦建立，长期身体力行，又可以反过来加固精神，提升人格。

对外来说，"君子之德风"，君子的品德需要传播。而在传播渠道稀少、文本教育缺乏的古代，有效传播的主要媒介，就是君子本身的行为方式。因此，君子的礼仪，具有空间和时间上的扩展使命。

正因为这样，历代君子没有不讲究礼仪的。中国也由此而被称为"礼仪之邦"。

普普通通的人，有礼上身，就显出高贵。而这种高贵是有对象的，既尊敬人，又传染人。这个意思，就是《左传》上的一段话：

> 君子贵其身而后能及人，是以有礼。
>
> ——《左传·昭公二十五年》

正是这段话的首尾四字，组成了这小节的标题。

也有说得更强烈的。在某些哲人看来，有没有礼，不仅是君子和小人的区别，而且是人和禽兽的区别。例如：

> 凡人之所以贵于禽兽者，亦有礼也。
>
> ——《晏子春秋·内篇第一》

说得有点过份，但我明白其中意气。看了生活中太多无礼的恶相，不得不气忿地骂一句：一个人如果无礼，简直就是禽兽。

换一种语气说，更能让人接受。也是《左传》里的话，虽也斩钉截铁，倒是听得入耳：

礼，人之干也。无礼，无以立。

——《左传·昭公七年》

把礼比喻成一个人站立起来的躯干，这种说法很有文学性，我喜欢。扩而大之，《左传》还进一步认为，当礼变成一种集体仪式，也有可能为一个邦国的躯干：

礼，国之干也。

——《左传·僖公十一年》

这让我们联想到现在各国的国庆礼仪和大型国际性盛典的开幕仪式。即使没有重大典仪，国民之礼，也是国之躯干。

但是，这还是讲大了。君子之道中的礼，主要是指个人在日常生活中的行为规范。

任何行为规范，都会表达某种意向。那么，究竟是什么意向在中国人的日常礼仪中最常见、最重要呢？

一是"敬"，二是"让"。

先说"敬"。

孟子说："有礼者敬人"（《孟子·离娄下》）；墨子说："礼，敬也"（《墨子·经上》）。这就表明，一个有礼的君子，他的全部动作都会表达对他人的尊敬。敬，是高看他人一眼，而不是西方式的平视。

中国几千年都受控于家族伦理和官场伦理，到今天仍然如此，所以习惯于把恭敬交付给长辈、亲友、上级、官员。但是，君子之敬，并不是家族伦理和官场伦理的附属品，它具有一定的独立性。

一个君子，如果对偶然相遇的陌生人也表示出尊敬，那么，这种尊敬也就独具价值。因此，我常常在彼此陌生的公共空间发现真君子。一旦发现，就会驻足良久，凝神注视。正是他们对陌生人的尊敬，换来了我对他们的尊敬。

在这里，互敬成为一种互馈关系，双向流动。公共空间的无限魅力，也由此而生。

这种互馈关系，孟子说得最明白：

敬人者，人恒敬之。

——《孟子·离娄下》

再说"让"。

简单说来，那就是后退一步，让人先走；那就是让出佳位，留给旁人；那就是一旦互堵，立即退让；那就是分利不匀，率先放弃……。这一切，都不是故意表演，做给人看，而是在内心就想处处谦让，由心赋形。

还是孟子说的：

> 辞让之心，礼之端也。
>
> ——《孟子·公孙丑上》

所谓"礼之端"，就是礼的起点。为什么辞让能成为起点？因为世界太拥挤，欲望太密集，纷争太容易。唯有后退一步，才会给他人留出空间。敬，也从后退一步开始。

辞让，是对自己的节制。一人的节制也能作出榜样，防止他人的种种不节制。这是《礼记》说过的意思：

> 礼者，因人之情而为之节文，以为民坊者也。
>
> ——《礼记·坊记》

这个"坊"字，古时候与"防"想通。这句话用我的语气来说是这样的：

　　什么是礼？对人的性情加以节制，从而对民间作出防范性的示范。

　　说得有点绕。一切还是要回到孔子。在孔子看来，为什么要礼？为什么要敬？为什么要让？都是为了一个目的：和。君子之责，无非是求人和、世和、心和。他用简洁的六个字来概括：

　　礼之用，和为贵。

——《论语·学而》

　　那也就形成了一个逻辑程序：行为上的"敬"、"让"，构成个人之"礼"，然后达成人间之"和"。

　　揭示了结论，我还要作一个重要补充：君子有了礼，才会有风度，才会有魅力，才会美。正是谦恭辞让之礼，使君子神采无限。这是中华民族理想人格的最佳标识，也是东方人文美学的最佳归结。

　　现代很多人在这一点上误会了，以为人格魅力在于寸步不让，在于锐目紧逼，在于气势凌人。其实，正好相反。

为此，我很赞赏荀子把"礼"和"美"连在一起的做法。他在《礼论》里为"礼"下了一个定义，说是"达爱敬之文而滋成行义之美者也。"这个定义告诉我们，在设计礼的时候，不管是个人之礼还是集体礼仪，都必须文，必须美。

再谦恭，再辞让，如果以拉拉扯扯、推推搡搡、大呼小叫、卑躬屈膝、装腔作势的方式呈现出来，也不是我们所要的礼。君子之礼，与美同在。

八、君子不器

这四个字，出自孔子之口，见之于《论语·为政》。

意思很简洁：君子不是器具。

当然不是。但为什么还要特别拿出来强调呢？因为世间之人，常常成为器具。一旦成为器具，孔子就要把他们开除出君子队伍。

这个命题有点艰深，但在刚刚说过礼仪之后，可以借着那个话题找到一个比较通俗的入口。礼仪虽然非常重要，但是如果人们成了礼仪的器具，只知像器具一样做出刻板的体态和手势，只知重复着完全一样的话语和笑容，那么，这就成了"器具之礼"，而不是君子之礼。因为，君子不器。

礼仪只是一例，由人变器的事情，到处可以看到。

我们应该见过不少这样的教师，年年月月用完全一样的语句和口气复述着同一本陈旧的教科书。虽然毅力可以称道，但未免太"器"了，因为他们让多彩的生命变成了复制之器。

我们应该见过更多刻板的官员，他们在会议上重复着上司的文书，在办公时扮演着自己的官职，连下班回到家里还不把架子放下来。那也"器"了，把活生生的血肉之躯，僵化成了官僚体系中的一个构件。

德国哲学家黑格尔（Georg Wilhelm Friedrich Hegel，1770-1831）认为人世间最重要的是"这一个"，亦即独立生命的自我把持，因为人的生命不可重复。法国哲学家柏格森（Henri Bergson，1859-1941）认为生命的真实在于冲动和延绵，而机器化的行为只是喜剧嘲笑的对象。他们的种种理论，都与两千五百年前的中国哲学"君子不器"遥相呼应。

黑格尔和柏格森是在目睹欧洲工业化、机器化所产生的弊病后作出论述的，而中国古代提出"君子不器"却没有这种背景，因此更为难能可贵，更像圣哲天语。

中国古代文字的优点是凝练，缺点是多义。例如这个"器"字，概括了多少现象，却也可能歧义丛生。器具、器物、器皿，等等，表明了它的物化方向，但如果是器识、器宇、器质呢？

显然又从物化转向了生命。老子所说的"大器晚成"，比喻大材须精雕，伟人须等待。也就是说，老子所说的"器"是一个可以慢慢增长和优化的活体。既然是活体，就与孔子所防范的非活体"器"，有方向上的差异。孔子所不喜欢的"器"，永远成不了老子所说的"器"。因此，他们两位其实都在倡导活体。

"君子不器"，在当代思维中又可引伸为"抵抗人的异化"、"防止全面工具化"等等。人，总是要找回自己。即便什么时候机器人大幅度地替代了真人的工作，对人的坚守还会持续。

机器人再精巧，也不能成为君子。这是中国文化在人格意义的最终节操，可能会坚守到最后。

这把事情说远了。如果放到日常生活中，"君子不器"的教言主要会给我们两方面的帮助：

第一，尽量不要成为器物的奴隶。管子所说的"君子使物，不为物使"（《管子·内业》），说明了君子对于器物的主动性。环视四周，现在有很多人过度追求器物之盛，其实早已远远超过生命的实际需要，这就使自己成了器物的奴隶。他们成天收藏、拼比着奢侈器物，琳琅满目，乍看是生命的扩充，其实是生命的奴化。而且，奴化了的生命还要伺候那么多冷若冰霜的"主人"。须知，哪怕是积器如山，堆物成城，也比不过你简囊远行的身影。

第二，尽量不要使自己变成器物。这比成为器物的奴隶更为严重，其实也更为普遍。这种异化过程，在开始的时候还很难自觉。当你在某一职业、头衔、角色上粘住了，僵化了，风化了，那就要当心。因为异化过程已经开始，与君子的活体渐行渐远。班固在《汉书》中说："君子直而不挺"（《汉书·盖宽饶传》）。我几次读到，都会为那个"挺"字哑然失笑。君子需要正直，当然不错，但再往前走一步，"挺"了，那就带有了刻意表演的成分。一直"挺"下去，就渐渐从有机体变成了无机体，最后变成了一种造型和雕塑。造型和雕塑是"器"，不是人。

　　由此我产生一个有趣的联想。当今中国文化传媒界一直有一批数量不小的"大批判子遗"，人称"伪斗士"，老是在整人毁人、造谣诽谤、诬陷无辜。我知道他们中有不少人早就想收手不干，而且越来越产生了法律上的耽忧，但他们还是"挺"在哪里。为什么？为的是想成为新时代的"匕首、投枪、迫击炮"。他们不明白的是，那些都是"器"，而且大多是"凶器"。

　　无论是不做器物的奴隶，还是不做器物本身，有一个最简单的防身术，那就是坚持做一个平常人，一个有体温、有弹性、不极端、不作态的平常人。这又与前面所说的"君子中庸"联系一起了，可谓：君子因中庸而不器。

九、君子知耻

有人说，君子之道也是"知耻之道"。因为，君子是最有耻感的人，而小人则没有耻感。

为此，也有人把中国的"耻感文化"与西方的"罪感文化"作对比，觉得"耻感文化"更倚重于个人的内心自觉，更有人格意义。

不错，孔子在《论语·子路》里说过，君子，包括"士"，必须"行己有耻"。也就是时时要以羞耻感对自己的行为进行"道义底线"上的反省和警惕。但我们在分寸上应该懂得，孔子在这里所说的"耻"，与我们现在所说"可耻"、"无耻"相比，范围要宽泛得多。例如，看到自己没有做好的地方，也叫"有耻"。

耻的问题，孟子讲得最深入。首先要介绍一句他的近似于"绕口令"的话：

> 人不可以无耻。无耻之耻，无耻矣。
>
> ——《孟子·尽心上》

前半句很明确，也容易记，但后半句在讲什么？我想用现代口语做一个游戏性的解释。

这后半句的大意是：

> 一个人没有耻感，就很可耻。如果知道了这一点，那就不算无耻了。

改成与原句一样的句序，可说成：

> 为无耻感到羞耻，那就不再耻了。

当然，我的这种阐释与许多"古注"都不一样，这不要紧，我只在乎文字直觉。孟子的言语常有一种故意的"拗劲"，力之所至，打到了我。我在《中国文脉》一书中把他的文学地位排到了孔子之前，即与此有关。

孟子用一个缠转的短句表明，耻不耻的问题是人们心间的一个旋涡，幽暗而又易变，必须由自己清晰把握，拔出旋涡。

接着我们来读读孟子的另一番"耻论"：

> 耻之于人大矣。为机变之巧者，无所用耻焉。不耻不若人，何若人有。
>
> ——《孟子·尽心上》

我的意译是：

　　羞耻，对人来说是大事。玩弄机谋的人不会羞耻，
因为用不上。他们比不上别人，却不羞耻，那又怎么
会赶上别人。

　　这就在羞耻的问题上引出了小人，而且说到了小人没有羞
耻感的原因。

　　由此，也就从反面触及了正面，让人可以推断出君子的耻
感文化。至少有三条：

　　以羞耻感陪伴人生，把它当作大事；

　　以羞耻感防范暗事，例如玩弄机谋；

　　以羞耻感作为动力，由此赶上别人。

　　孟子的论述，从最终底线上对君子之道进行了"反向包抄"。
立足人性敏感处，由负而正，守护住了儒家道义的心理边界。

　　你看，他又说了："羞恶之心，义之端也。"（《孟子·公孙
丑上》）这就把羞耻当作了道义的起点。把起点设在对立面，在
理论上，既奇峭，又高明。

　　如此说来，耻，成了一个镜面。由于它的往返观照，君子
之道就会更自知、更自守。敢于接受这个镜面，是一种勇敢。

知耻近乎勇。

——《礼记·中庸》

知耻，是放弃掩盖，放弃麻木，虽还未改，已靠近勇敢。如果由此再进一步，那就是勇敢的完成状态。

以上所说的羞耻感，都涉道义大事，符合"耻之于人大矣"的原则。但是，在实际生活中，人们常常不分大小高低，在不该羞耻处感到羞耻，在应该羞耻处却漠然无羞。

因此，并不是一切羞耻感都属于君子。君子恰恰应该帮人们分清，什么该羞耻，什么不该羞耻。

既然小人没有羞耻感，那么多数错乱地投放羞耻感的人，便是介乎君子、小人之间的可塑人群。他们经常为贫困而羞耻，为陋室而羞耻，为低位而羞耻，为失学而羞耻，为缺少某种知识而羞耻，为不得不请教他人而羞耻，为遭受诽谤而羞耻，为强加的污名而羞耻……。太多太多的羞耻，使世间多少人以手遮掩，以泪洗面，不知所措。其实，这一切都不值得羞耻。

在这方面，孔子循循善诱，发布了很多令人温暖的教言。即便在最具体的知识问题上，他也说了人人都知道的四个字：

不耻下问。

——《论语·公冶长》

意思很明白：即使向地位比自己低的人请教，也不以为耻。

这么一来，在耻感的课题上，"不耻"，也成了君子的一个行为原则。因此，真正的君子极为谨慎，又极为自由。谨慎在"有耻"上，自由在"不耻"上。

"耻"和"不耻"这两个相反的概念，组成了儒家的"耻学"。

对此，具有总结性意义的，是荀子。我想比较完整地引用他的一段话，作为这个问题的归结。他说：

君子耻不修，不耻见污；耻不信，不耻不见信；耻不能，不耻不见用。

是以不诱于誉，不恐于诽，率道而行，端然正己，不为物倾倒，夫是之谓诚君子。

——《荀子·非十二子》

这段以"耻"和"不耻"为起点的论述，历久弥新。我自己在人生历程中也深有所感，经常默诵于心。因此，我要用今天的语言译释一遍：

君子之耻，耻在自己不修，不耻别人污陷；耻在自己失信，不耻别人不信；耻在自己无能，不耻别人不用。

因此，不为荣誉所诱，不为诽谤所吓，遵循大道而行，庄严端正自己，不因外物倾侧，这才称得上真正的君子。

"耻"和"不耻"，是君子人格的封底阀门。如果这个阀门开漏，君子人格将荡然无存；如果这个阀门依然存在，哪怕锈迹斑斑，君子人格还会生生不息。

尾　语

好，既然已经摸过了封底阀门，那么，我们对君子之道的轮廓性描述，也可以暂告结束了。

当然，如果以高层学术研究的完整性来要求，这个课题还留下了很多重要的项目。例如，诸子百家对君子之道的不同意见，君子之道在以后两千多年演变的过程，君子之道的负面变形和消极后果，君子之道与中国历史上的圣人、大丈夫、觉者、至人、禅者等人格模型的异同，以及君子之道的国际认知和未来处境，等等。我所开列的这些研究项目，学术价值都不低，可以写出一部部专著，相信会有很多学者各显其能，各尽其责。

我自己的兴趣焦点，只在以文化人类学的立场探索中华民族的集体人格，并从历史的选择、大地的沉淀中，权衡是非轻重。我还故意把自己的读者，划定在文化学术圈外的普通民众。这种划定，当然也与文化人类学有关。因为我坚信，与普世社会的真实互动，哪怕是浅语轻言，也超过那些小圈子里的唇焦舌燥。

探索中华民族的集体人格，这件事我很早就开始做了。比较拿得出手的成果，就是十余年前我对"小人"的系统研究。那篇归结性的文章《历史的暗角》，不仅在中国大陆，而且在台湾、香港、马来西亚和欧美华文圈也产生了出乎意料的重大反响，可见只要是中国人，都会对自己心中的集体人格极为敏感。现在我把这篇文章的标题改成了《大地小人》。

我研究小人，不是目的，目的在君子。那么多年过去，直到今天，终于可以搁笔搓手，告诉读者，我把事情的另一半也做了。

做一件事花了那么多年，并不奇怪。探索中华民族集体人格，不仅要大量阅读古今书籍，而且要深入观察身边人群，还要到世界各国进行横向对比。正面、反面都这样做，自然要耗费漫长的时间。不管做得好不好，对我自己来说，也算已经完成。一个人生命有限，对自己的要求不能太多太高。

感谢大家随着我的目光，在君子、小人的背后追踪了那么久。追踪之后一定不会有太多的抱怨，因为终于发现，我们是在追踪自己，追踪中国。

癸巳年盛夏于京华

君子之交

人之为人，没有友谊是不可想象的。但是，正因为它重要而又普及，势必出现不同的等级，不同的逻辑，不同的结果。其间，又隐伏着大量沼泽和陷阱。

数千年来，人们因友谊而快乐，因友谊而安适，又因友谊而痛苦，因友谊而悔恨。天下种种小人伎俩，几乎都会利用友谊；世间大量犯罪记录，都从错交朋友开始。因此，友谊，实在是人生的一大难题。

我们不妨先从友谊的等级说起。

一、至谊

那年我十岁。

从家乡小学毕业后到上海读中学，最不开心的事情是，原来的小朋友找不到了，新的小朋友还玩不起来。人生第一次，产生了较长时间的忧郁。

这一天，百无聊赖地到一个"小人书摊"看连环画。

"小人书摊"是当时上海特有的文化景观。在居民社区的街道边，一个老大爷展开了一排书架，上面密密麻麻地排列着连环画故事书。这些故事，包罗古今中外，有不少是根据文学名著改编的。连环画的作者，很多是知名画家，画得相当精美。"连环画"三个字，用上海话一读含糊不清，因此大家都叫"小人书"。租看这些小人书很便宜，一分钱一本，却只能现场看，不能带走，因此书架前放了很多小凳子。

　　这是我到上海后去得最多的地方，许多影响毕生的中外故事，也最先从那里得知大概。像我这样的孩子实在不少，那些小凳子每天很少有空位。

　　这天，直到书摊老大爷用手指轻轻敲了敲我的肩，我才从一本小人书中醒过神来。时已黄昏，要收摊了。一看四周，除了我，已经没别的孩子。

　　我连忙把手上的那本小人书还给老大爷。这本书的题目是："俞伯牙和钟子期"。

　　这是一个历代中国人都熟悉的故事，熟悉得我都不好意思再复述一遍。但是，我还是忍不住要对初读时印象最深的碎片，勾勒几笔。

　　一位地位很高的人，独自在江边弹琴，却被一个打柴的樵夫完全听懂，他们就成了朋友。一年后弹琴者再到那个地方寻樵夫，却听说樵夫已死。他悲痛地寻到山间坟墓，把那张琴摔碎在墓碑上。

我的童年，对江边樵夫、山间墓碑之类很熟悉。但是这个故事，却让我一下子挣脱了童年。一连串疑问立即产生，而且从此挥之不去：

真正听得懂自己的，只有一个人吗？那么多朋友中，这个人是谁？

这个人，以前一定并不认识，也不在自己熟悉的地方，一旦遇见，确实能够很快彼此相认吗？

找到了这个人，却又失去了这个人，真会墓碑摔琴，把自己的心声一起埋葬吗？

……

正是这些问题，陪着我一步步长大。

长大后，问题更深入了。

我终于知道，这个故事出自《列子·汤问》。那一对朋友，不是靠别的一切，完全只以琴曲结下生死之交。弹琴者俞伯牙心在高山，听琴者钟子期立即听出来了；过一会儿俞伯牙转向流水，钟子期也听出来了。因此，"高山流水"成了千古至谊的代称。

有了这个代称，中国人心中的千古至谊，也就与山水呼应，由山水做证，如山水永恒了。

《列子》按理应产生在战国时代，所写的俞伯牙、钟子期的故事应产生在春秋时代，那都是两千多年前的事情了。也有学者认为《列子·汤问》出于魏晋人之手，那也有一千多年了。故事的真实程度已经很难考证，但是，一两千年间，无数中国人都以这个故事来建立友谊信仰。这种信仰，实实在在地发生在阅读、谈论、企盼中，因此已经变成了一种"过程真实"，比故事本身的真实性更有意义了。因此我坚信，既然有过了"高山流水"这种友谊信仰，那么，中国人肯定是世界上最懂得友谊的族群。

当然，也恰恰因为是"高山流水"，中国人也是在友谊问题上最谨慎、最期待、最悲观的族群。

每个人，也许都有可能遇到那个"钟子期"，但机会太小了。那个地方，会在哪里？

如果真是遇到了"钟子期"，那么，相交的时间也不会太长，可谓"极而不永"。很快，一方断命，一方断琴，两相足矣。至情至谊的可贵和可哀，本为一体。

对于这个问题，我想得更多的，不是向外面找，而是向自己找。自己心中，究竟有没有"高山流水"？这是获得至谊的基础理由。没有这个基础理由，也就没有"钟子期"；有了这个基础理由，也未必遇得到他。这是一种茫然的等待，凄惶的寻找，其实都不能抱有太大的希望。

一九七七年，人类向外太空发射了一个特殊的飞行物"旅行者一号"，向外星人送去了一系列自我介绍。介绍中国的，便是古琴曲《高山流水》。

我读到这条新闻时心中一怔，半日无言。这就是说，我们把尚未谋面的外星人，也当作了"可能的钟子期"。只是希望，在茫茫宇宙间，有人懂得我们。

不懂？不要紧，我们一直寻找着。边飞行边寻找，边寻找边飞行，直到没有尽头的尽头，也就是永恒。

科学家霍金提醒大家：千万别去惹外星人。因为，我们太不了解他们，他们有可能轻而易举地消解了我们。

太高、太大的友谊企盼，必然会带来太高、太大的生存风险。人类的前景如何？实在不得而知。每当我们抬头仰望苍天的时候，只需知道，在那里，不可想象的远处，有一支《高山流水》的琴曲，在找寻友谊。

估计是找不到，但是，总算在找。这其实也像地球上的我们：对于千古至谊，不抱奢望，却总是在找。

二、常谊

千古至谊虽不可得，我们却不缺少友谊。在日常生活中，天天有一些熟悉的名字，亲切的面容，具体的帮助，轻松的诉说。这就是日常之谊，故称之为"常谊"。

常谊的好处，是实用。随叫随到，随取随放，不必恭请，不必重谢，大事小事，都在身旁。相比之下，前面所说的至情至谊、高山流水，远在天边，呼叫不到。一旦呼叫来了，也未必管用。

即便是非常特殊的人物，他们九成的生活，也由常态构成。因此人间友谊，以常谊为主体。

这种友谊的起点，一般都不会深刻，多数是一些小事。往往是，不经意地帮助了他人，或被他人帮助。

帮助，是人际关系的良性启动，包括被帮助。早年我曾读到一位西方智者的文章，说如果要想与一位新来的邻居建立友谊，又一时找不到为他出力的机会，那就不妨主动地要求"被帮助"。例如，向他借一本书，或一件工具。这种做法有点儿"设计"，却表现了一种试图建立友谊的主动。而且，事实证明，百试不爽，这种主动总会成功，哪怕是这位邻居并没有那本书或那种工具。

这就是说，一个人在日常生活中不难拥有很多朋友。只要有心，就能轻松地建立友谊。一旦建立，不必辛勤浇灌，也能自然生长。这是人类向善、求群的本性决定的，非常自然。相比之下，反倒是孤寂傲世、寡友少谊的状态，很不自然。

社会上有一种误解，以为一个人拒绝友谊，是性格决定的。其实，不是性格，而是一种"自我欺骗"。他们硬要自己和别人相信，自己就是那个俞伯牙，正在等待钟子期。因此，他们对周围人群，是一万个不屑。

这样的人其实并不坏。真正的坏人不会拒人于千里之外。他们只需稍稍放松，把自己当作普通人，那么，友谊立即就会靠近。友谊一旦靠近，他们的生命就会产生质变，就像一个固守孤岛多少年而渐渐不知人之为人的人，忽然看到了帆影。

看到帆影后的他，与看到帆影前的他，乍一看还是同一个人，其实已经完全不同。不同在哪里？不同在对生存的理解，对人类的感受，对明天的期望。总之，他对生命的时间形式和空间形式的认知，发生了根本的变化。这么一个他，怎么还会与刚刚的他一样呢？

据我观察，那些孤寂傲世的人，并不是一开始就是这样的。他们大多是在友谊上频遭冷遇、几次碰壁，也就以冷对冷，以壁对壁，使自己变成了一道"冷壁"。

对此，我想借自然现象做一番劝解——

日光普照，月色千里，并不要求山川大地来回报。不求回报的日光，才叫日光；不求回报的月色，才叫月色。

对日光和月色来说，无所谓冷遇，也无所谓碰壁。如果出现十里雾霭，几片夜云，看起来好像是阻挡，是异质，是障碍，却只会使苍穹更美。

其实，友谊的滋味，恰恰也在于阻碍和落差。历史上那么多传之广远的优秀诗文，都是在描述人间情感的各种"失衡状态"，例如，思念、怨恨、忧郁、嫉妒、期待、苦守、追悔、自责，几乎每一项都与友谊或爱恋的落差有关。要是没有这种落差，人类的诗情就会减去大半。

如果永远是等量交换、同量往返，生活还有意思吗？这就像到了无坡无沟、无壑无丘、无荫无掩的一块平地，旅行还有乐趣吗？

因此，如果我们发出去的友谊信号没有等到同样的回音，千万不要灰心，也不必寻找原因。我们没有那么小气，小气到放声一唱，就要从山崖间捡拾每一缕回声。只管放松地走，只管纵情地唱，只管一路上播撒友谊信号，这才是真正的人生。

这不是扮演潇洒，而是秉承一个最古老的美好理念。孔子把这种理念表述得非常简洁：

四海之内，皆兄弟也。

——《论语·颜渊》

孔子注重家族亲情，又习惯于把家族亲情放大，来比喻天伦大道。在各种比喻中，最精彩的是这一个，把四海之内的各色人众，都等同于血亲同胞。这表明，孔子并不固守一家一户的门庭伦理，也不在乎天下万众的种种界限，而试图以仁爱之心全然打通。这已经上升为一种高尚的信仰，由此，孔子真正堪称伟大。

正因为四海之内皆兄弟，那么，孔子对友谊的理解，必定是海纳百川，兼容并包。不同的职业、出身、学养，不同的地域、方言、习俗，不同的表情、行为、脾气，都在覆盖的范畴之内。这中间，当然也包括对友谊的信号反应得特别迟缓、滞塞、漠然的那一族。

不同的反应，既有主观因素，又有客观因素，即使排除了这些因素，也不会变成同一的人。但是只要记住，我们都是兄弟，那就可以了。不同，正证明是"兄弟"而不是"自己"。孔子在另一处所说的"君子和而不同"，就是这个意思。

至此可以明白，日常友谊可以无限扩大，并由实用等级上升为信仰等级。

这种用汉语说出来的信仰，在世界上弥足珍贵。请想一想，四海之内，没有异教徒，没有十字军，没有种族隔离，没有文明冲突，没有强权对峙，没有末日平衡，只是兄弟。为什么是兄弟？因为天下只有一个家。

这种信仰，与墨子的"兼爱"、孟子的"利天下"等理念连在一起，成为中华文化的一种宏大隐脉，虽不时时显露，却也未曾失去。偶尔一见，总会感动。

整个大地都是友谊，但偶尔，静下心来，还会悬想梦中的高山流水。极度宽泛的"常谊"和极度稀少的"至情"遥相呼应，互济互补，组合成中国古代君子完整的友谊哲学。

既然"四海之内皆兄弟"，为什么还需要孤影缥缈的"俞伯牙"和"钟子期"？可不可以忘记他们？

可以。但是，也应该允许有人记得。

这就像，大批年轻写手可以天天文思泉涌，文笔滔滔，却也会有几个，心底藏下了《诗经》和《楚辞》。藏下了也未必实用，却会偶尔出神遐想，悄悄地开拓了人格领土。

三、甘谊

无论是"至谊"还是"常谊"，都让人感到温暖。但是，正如本文开头所说，友谊之道，还是充满了沼泽和陷阱。甚至可以说，人的一生中最伤心、最郁闷的经历，至少有一大半，与友谊有关。

因此，向来被认为是"安全地带"的友谊，其实也是"危险地带"。

为什么会这样？

这是因为，世间除了高雅的至谊、广阔的常谊之外，还有一种友谊，既不高，也不广，却有点儿甜，有点儿黏，有点儿稠。借用庄子的说法，可称之为"甘谊"。

处于"甘谊"之中的朋友，既可以称之为"蜜友"，也可以称之为"密友"。两个差不多的字，道出了其间的特性。

这种朋友，范围不大，交往很多，并不在大庭广众中搂肩拍背，而是带有一点儿心照不宣、微微一笑的"隐享满足"。他们彼此信任，遇事相商，无事聊天，经常愿意愉快合作，一起做一点儿事情。

然而，问题恰恰出在这种朋友之间。

这种朋友常常遇到几个陷阱。

（一）体己的陷阱。

既然是密友，一见面就把门关起来，泡好两杯茶，亲切地看看对方，说一些"体己话"。体己，也就是知心，私密，不为人道。于是，这里就出现了与"他人"和"众人"相脱离的话语系统和价值系统。这种话语系统和价值系统，既确证着亲切，又埋下了危险。

与"他人"和"众人"相脱离，很可能同时也脱离了公道。小事脱离公道倒也罢了，如果事情比较大，就会引起人们的怀疑。

如果怀疑的目光很有韧性，那么，情况就很难乐观。外面的怀疑，很可能向内渗透。结果如何，无法预计。

（二）功用的陷阱。

上文说过，"至谊"不具有实用性，"常谊"具有实用性。而人们对于"甘谊"的期望，就不止于寻常的实用性了。

"甘谊"直通一种无所不能的心理逻辑："这么好的朋友，什么事不好办？"、"有任何麻烦都说一声"、"你的事就是我的事"、"我们谁跟谁啊？"……

不切实际的互许，埋下了不切实际的互盼。

事实上，这种互盼多数落空，而落空的结果，总让人伤心。

亲密朋友之间，可能还存在着一起分享权力、财富、名声的潜在心理。一旦发现无法分享，便心生怨隙。条条怨隙的积累，很可能产生悲剧的结果。

西哲有言："何为真友？各无所求。"

这话说得有点儿过头，但其中也蕴藏着一番深意：友谊的最珍贵本性，与实用无关。可惜在很多人心目中，如果剥除一切实际功用，友谊就不存在了。

（三）暗箱的陷阱。

"甘谊"之中，又存在着另一个重大误会，总觉得朋友之间一切都能互相理解，因此不必清楚说明。一说就见外，一说就生分。结果，友谊就成了一只"温暖的暗箱"。

但是，朋友是知己，却不是自己。两片树叶贴得再紧也并不完全相同，而是各有茎络系统。麻烦的是，"甘谊"中的朋友明明产生了差异也要互相掩饰，而掩饰中的差异又特别让对方敏感。因为是好朋友，敏感也就变成了过敏，甚至是超常过敏。

我见过一些著名的文学前辈，早年都是莫逆之交，到了垂垂暮年却产生严重龃龉，而一问起因却琐小得不值一提。万里沙丘他们都容忍得了，却容不下贴身肌肤的一粒沙子。他们都把对方看成了自己，因此容不下一丝一毫的误解、委屈、冷漠、传言。为此，我曾写道：

最兴奋的相晤，总是昔日敌手；

最愤恨的切割，总是早年好友。

这便是陷阱，由"暗箱"转化成的陷阱。一陷，竟然跌进了比仇恨更加无救的深渊。

上述这些陷阱加在一起，就有可能进入更大的陷阱，甚至踩踏到善恶的边界。

四、水的哲学

说过了"甘谊"的陷阱，我们终于可以引出庄子的至理名言了：

> 君子之交淡若水，小人之交甘若醴。君子淡以亲，小人甘以绝。
>
> ——《庄子·山木》

这话清晰得不用翻译，如要笨笨地"译"一下，也就是：

> 君子之交，淡如清水；小人之交，甘如甜酒。君子因清淡而亲切，小人因甘甜而断绝。

庄子的这一论述，具有惊世骇俗的颠覆性。因为世间友情，总是力求甘甜，而甘甜的对立面则是清淡。庄子把这种观念反了过来，但是，反了两千年，人们还是不理解、不接受、不奉行，仍然在友情交往上追慕"甘若醴"。估计今后还会这样，因此，我们必须再郑重读解一次。

庄子的精彩，常在比喻。清水和甜酒的比喻，便是读解之门。你看，在色、香、味上，清水都无法与甜酒比，但是，甜酒需要酿造，甜酒并非必需，甜酒不能喝多，甜酒可以乱性。这一系列局限，恰恰是清水所没有的。清水出乎天然，清水为人必需，清水可以尽饮，清水无碍心志。那么，如果把水和酒的对比投射在友情之上，孰上孰下，孰优孰劣，就不难看出来了。

清淡交友，在具体表现上是什么样的？未必经常相聚，未必海誓山盟；未必成群结队，未必书函频频。但偶尔一见，却满眼亲切；纵挥手而别，亦衣带留痕。

同样以水为喻，庄子的"淡哲学"，应该与老子的"冷哲学"、"钝哲学"、"低哲学"有关。

老子说：

> 上善若水。水善利万物而不争，处众人之所恶，
> 故几于道。

居善地，心善渊，与善仁，言善信，政善治，事善能，动善时。

夫唯不争，故无尤。

——《老子·八章》

用现在的语言解释，大致可以这样：

最高道德像水。水，滋润万物而不与谁争，身处大家遗弃的低位，因此反而接近大道。

除了找对地方，还心地深远，与人为善，说话可信，为政有效，办事能干，行动合时。

正因为什么也不争，所以也没有麻烦。

老子的这段话，应该成为最值得永久传诵的中国古代哲言之一。其核心有两点：

第一，利万物而不争；

第二，处低位而得道。

对于这两点，需要略做讲述。

先从后面一点说起。老子所说的"处众人之所恶"，也就是故意寻找大家都不愿意停留的地方。大家愿意去哪里？向上，向高，向世间显达处。这正好与水的流向相反。水的流向，是向下，向低，向世间隐蔽处。而这，正是众人所鄙弃的地方，因此说"众人之所恶"。

"众人之所恶"，恰恰是得道之地。为什么这样说呢？

既然众人都在争高，因此如果像水一样甘寻低位，就可避开争执。但是，争高位的众人也不能脱离根脉和土壤，也需要灌溉和润泽，这又只能依靠甘寻低位的水了。于是，水似乎在说："你争你的高位，我灌你的根脉。"

水连"可能的对手"也默默帮助了，那就是"利万物"。可见，能做到"利万物而不争"，正是因为它甘寻低位。所以，逆众人是为了利众人，逆万物就是利万物，这便是道。

"水善利万物而不争"，也有一种版本为"水善利万物而有静"，并把"静"注为"无纷乱"、"治躁"，意思与"不争"相近。凭我对文字本身的神秘直感，认为老子说"不争"的可能更大。

五、由浓归淡

拜习了老子和庄子，我们就有高度超越前面所说的那些陷阱了。

在这里，我想以自己的一些负面经历谈点儿体会。

为了避免个人恩怨，我只说与几个传媒的交往陷阱。

二十几年前，我还在上海担任院长，曾经对一家戏剧杂志和一家文学报纸表示出超常的友情。我同意一位副院长的提议，拨出一笔资金支援那家濒临倒闭的戏剧杂志，并答应以后连续资助，使国内其他同类杂志大惑不解；几乎同时，我又在全国其他报刊的激烈争夺中把新写的长文《上海人》给了那家景况寥落的文学报纸，结果该文大受市长赞誉，出现了上海官员和文人几乎人人皆读的惊人热闹。这两番友情，够浓烈的了吧？

但是，怎么也没有想到，在我不久辞职之后，立即遭到那家戏剧杂志和那家文学报纸的谣言攻击，而且声势浩大。谣言很快破碎，但只有它们，不辟谣，不更正，不道歉。尤其那家文学报纸，后来一直不间断地把攻击延续了二十几年。这事，用正常的逻辑永远也解释不通。

国内外很多朋友对我说，这种情况，普天下只可能在上海发生，只可能在上海文化界发生，只可能在上海文化界那些衰疲的角落发生。对此我不同意，认为这里出现了一种深刻的"反逻辑"：它们超常的暴烈，正是在报复我当初超常的浓烈。

分析这种"反逻辑"，也就能进一步理解"君子之交淡若水"的深意。

超常浓烈的友情，具有一种"不可承受之重"。不可承受却又承受了，按照物理规律和心理规律，必然会产生一种很大的不平衡，让人无法站稳。

面对这种不平衡，就像面对一笔无法偿还的欠债，只有两个办法，一是以服从来抵偿，二是以变脸来抵赖。

本来它们都是准备选取第一个办法的，但我恰恰又辞职了，完全失去了"服从"的必要和可能，因此就采取了第二个办法。好像它们与我是对立的，不可能接受过我的超常帮助。

由此我终于明白，这里出现的忘恩负义，首先不是道德问题，而是力学问题。造成这个力学问题的起因是我，因此属于咎由自取。

对此我无可奈何，可用的办法是恢复职位或升高职位，以加倍的正面浓烈对付反面暴烈。这虽然只是举手之劳，但我还是选择了老子、庄子的教言，选择了浓烈的反面。那就是，像水一样趋低、趋下、趋弱、趋柔，而且丝毫"不争"。

既在手段上"不争执"，又在目的上"不争胜"。

结果呢？

老子说，柔能克刚。我究竟"克"了没有？

那些造谣者，先因我的"不争"而感到安全，后因我的"不争"而感到不甘。他们总是等着我出来争辩、争论、争执，而我总是不争。他们为此恼怒了很久，撩拨了很久，激将了很久，我还是不争。于是，他们渐渐漏气了，不耐了，发毛了。原来，他们最期盼的是浓烈，最害怕的是冷淡。他们举着烈酒叫阵，我却倚着冷泉打盹。终于，他们逐一退出，消失于草泽之间。

有了这番经历，我也终于对这个"淡"字，产生了根本的理解。

人与人相处，本质为淡。倘若浓稠，如何个体独立？如何若即若离？如何流转自如？如何因时而异？

清水之中，如果营养浓富，即成污染；血管之中，如果黏度过高，即成疾患。人际关系，也是如此。

人际关系中的浓度，大多由夸张、捆扎、煽呼而成。时而炽热、狂喜，时而痛苦、愤怒，其实都是以一种自欺欺人的借口造成的负面消耗。批判、斗争、辩论、舆情等等，也大致如此。我之所以一直不喜欢政客、名嘴、意见领袖，也与他们故意夸张浓度有关。通观历史，这种夸张固然留下过伟业的传说，盛世的故事，但主要是造成了灾难，而且是无数实实在在的灾难。

当我用老子和庄子的眼睛看淡周际，于是，一切都变得正常、寻常、平常，连气势汹汹的进攻都变成了沙盘游戏、木偶提线。忿又何在？恨又何在？只是轻轻一笑间，如风吹苇。

由此可知，"淡如水"，并不只是交友术，而是一种世界观。

世事漠漠，恰如水墨，被人加浓，反失常态。由浓归淡，即返自然，便得泰然。

淡了，什么都能接受，什么都能谅解，于是方可说一声："四海之内，皆兄弟也。"因此，这个美好的信仰，也寄之于淡。

其实，即使是高山流水的"至谊"，也极淡极淡。一曲琴音，短暂相遇，又天人相隔，还不淡？虽淡，却不失其高，正合得上这四个字：天高云淡。

说明：本篇和以下几篇，选题于旧著《霜冷长河》，有的重新写了，有的做了很大修改。选的理由，是因为这些文章探讨了"人生之道"，是我后来研究"君子之道"的重要准备；改的理由，是原文写得过于滞缓、周致，已经不适合今天的阅读。不禁边改边叹：才隔十几年，中间已有世纪门槛。

君子之名

一、君子自杀

照理，君子不应该自杀。因为孔子曾经提出过非常明确的要求："君子不忧不惧。"（《论语·颜渊》）

但是，纵观历史，君子自杀的事例还是不少。显然，他们还是有忧有惧。不仅有，而且很大，才会付出生命的代价。

那么，究竟是什么东西，使本该无所忧惧的君子害怕了呢？王充在《论衡》里做出了一个结论：

> 君子不畏虎，独畏谗夫之口。
>
> ——《论衡·言毒》

谗夫，是指毁谤者。

这个"谗"字，居然比猛虎还要可怕，因此，希望能够引起读者百倍注意。有人把它解释为谣言，那就轻了。谣言虽然不好，但不见得会对某个人造成实际伤害；"谗"就不同了，必定以伤害为目的。其中，还必然包括挑拨离间、花言巧语、添油加醋、栽赃诬陷、指鹿为马、上纲上线等手段，而且锲而不舍、死缠烂打、无休无止、上下其手，直到把被伤害的名誉彻底摧毁。如果不是这样，就不叫谗夫。

谗夫的攻击目标，是君子的名誉。君子自杀的原因，是名誉的失去。因此，在名誉问题上，谗夫就是屠夫。

一切的核心，是名誉。

名誉，也可称为名声、名望、名节。在古代，常常以一个"名"字来统称，大致是指一个人在社会上获得的正面评价和良好影响。

在很多君子心目中，这是一个人的第二生命。甚至，是第一生命。

看成是第二生命的，因谗而怒，拔剑而起；看成是第一生命的，因谗而死，拔剑自刎。

名，不是物质，不是金钱，不是地位，不是任何可触可摸的东西。但是，善良的目光看着它，邪恶的目光也看着它；小人的目光看着它，君子的目光也看着它。一切狞笑、谋划、眼泪、叹息都围绕着它。它使生命高大，又使生命脆弱；它使生命不朽，又使生命速逝。

名啊，名……

二、大下名誉

君子重名。

最能说明这种重视的，是孔子的这句话：

> 君子疾没世而名不称焉。
>
> ——《论语·卫灵公》

用现在的话说：君子的恨事，是离世的时候自己的名声还不被别人称道。

这就是说，名，是君子对生命价值的最后一个念想，可称之为"终极牵挂"。

好像大家都很在乎。例如，荀子说过"名声若日月"（《荀子·王霸》）；连墨子也说过"以名誉扬天下"（《墨子·修身》）。多数古代君子追求的人生目标，是"功成、名遂、身退"（苏轼《志林》）。名，这个字，一直稳定地浮悬在君子们的头顶。

君子重名，目的各有不同，但从根本上说，我们不能过于强调他们的自私理由。如果认为重名即是重个人，那倒真是"以小人之心度君子之腹"了。

　　在孔子和其他君子的内心，名誉，是建立社会精神秩序的个人化示范。名誉，既包含着一个人的道德行为规范，又包含着这种规范被民众接受和敬仰的可能性。因此，名誉是一种生命化的社会教材，兼具启悟力和感染力。一个君子能够让自己成为这种生命化教材，是一种荣耀，也是一种责任。一个社会能够守护一批拥有荣誉的君子，是一种文明，也是一种高贵。

　　在我看来，人类社会从野蛮的丛林走向文明的平原，最大的变化是懂得了抬头仰望。一是仰望天地神明，二是仰望人间英杰。人们为第一种仰望建立了图腾，为第二种仰望建立了名誉。

　　两种仰望，都是人类实现精神攀升的阶梯。所不同的是，图腾的阶梯冷然难犯，名誉的阶梯极易毁损。

　　因此，名誉的事乍一看只涉及一个个名人，实质上却关及整个社会历史的文明等级。

　　一个社会，一段历史，本身也有名誉问题。社会和历史的名誉，取决于它们如何处置人与人之间的名誉取向。它们给予什么样的人物名誉，它们本身也就具有什么样的名誉。它们让什么样的人物失去名誉，它们本身的名誉级别也就随之发生变化。

为什么诸子百家的时代永远让人神往？因为那个时代给了孔子、孟子、荀子这样的人物以很高的名誉。同样，古希腊的名誉，与那个时代给予索福克里斯、希罗多德、柏拉图、亚里士多德的名誉相对应，而它失去名誉的地方，正在于它试图让苏格拉底失去名誉。与中国和希腊不同的是，巴比伦文明和埃及文明把名誉集中在一些政治人物身上，很少找得出文化智者的名字。因此，它们后来的走向，也容易失去它们本来应该有的文化尊严。

中国在漫长的历史中，除了诸子百家的时代之外，唐朝的历史名声最好，这与那个朝代在"名誉分配"上的合理性有关。连皇室也崇敬一个个宗教大师、著名诗人、书法家，他们这些人在当时拥有极高的名声，因此唐朝也就在历史上拥有极高的名声。相比之下，汉朝过于尚武，社会声誉主要集中在统帅、将军一边，虽也令人振奋，但军事与文化一比，在时间上毕竟容易朽逝。因此，唐朝的整体荣誉也高于汉朝。

最值得玩味的是宋朝，居然一度将国家的很大一部分行政管理职务交付给了一代文化大师，如范仲淹、王安石、司马光等等，把顶级行政声誉和顶级文化声誉罕见地叠加在一起了。

他们之间的政见并不一致，而且也先后遭到贬黜，但不管从哪一个角度看，他们都是君子。即便是对立，也是君子之争。因此，他们也让他们所处的时间和空间，保持着高雅的名声。

明清两代，实行思想专制主义和文化恐怖主义，即"文字狱"，君子们应有的名声被残酷剥夺，代之以文化庸人、文化奴才和文化鹰犬们的"时名"。最多的名声，全都投注给了宫廷皇族和官僚体制。就算是其中比较像样的文化人，也一定要与官僚体制挂钩才能被确认名声。但严格说来，这已经不是纯净的文化名声和君子名声了。正是这种长达数百年的风气，造成了中华文明的整体下滑。

也就是说，由于明清两代在"名誉分配"上的错乱和颠倒，使中国在整体上也名誉蒙污，很难与唐、宋两代相比了。尽管在国力和疆土上，明清两代比唐宋两代更强、更大。

由此可见，名誉之正，直逼国本。

如果说，一个时代的国力和疆土并不一定和名誉成正比，那么，对于个人来说就更是这样了。力量和体量，与名誉无关。

不管何时何地，常常遇到"名誉分配"上的错乱和颠倒。这个问题，在中国君子身上体现得更为强烈，更为痛苦。

这是因为，君子的名声，除了荣耀性之外，还带有排他性和脆弱性。

三、排他性、脆弱性

君子名声的荣耀性就不必多说了。良好的名声让君子广受关注和尊重，而且还会衍伸到前后相关的行迹和周边相关的人群，因此必然受到很多人的羡慕，乃至嫉妒。

但是，君子的名声又带有排他性。即便君子本人并无排他之心，而他的名声也会自然地发挥出排他功能。为什么会这样？

首先，名声因为是君子的，必然包含着正气。这种正气，既有君子品德的基本支架，也有区别于小人的边界划分。因此，即便是安静的名声，也构成了一种隐性的价值标准，首先对小人产生威胁，也对许多介乎君子和小人之间的芸芸众生产生压力。

其次，君子的名声还会让其他君子感到尴尬。同样是君子，一方的名声就会对周围造成对比和掩荫。这就会使周围的君子产生某种被排斥的感觉，并进而产生对今后的担忧。

正是这两种排他性功能，使君子的名声总是伴随着脆弱性。

这实在是一个让人伤感的悖论。君子的名声虽然具有荣耀的光辉、排他的功能，但本身并没有实质性的依靠，只是飘动在人们的心中、口中。这种名声不靠权力，不靠地位，不靠财富，不靠武力，不靠家世，不靠师从，也就是说，是一种霞光月色般的存在，美则美矣，却极易消散。

当然，也有不少名声建立在权力、地位、财富、武力、家世、师从之上，拥有者也可能是君子，但是，他们身上那些"有依靠的名声"却只属于他们"非君子"的成分，因此恰恰不是君子名声。他们身上如果也有君子名声，那么，属于君子名声的那部分，一定也是脆弱的。

如前所述，君子的名声与周围很多人的羡慕、嫉妒、威胁、压力、尴尬、担忧紧紧连在一起，因此处处遍布了企图颠覆和毁损的潜在欲望。一旦打开一个小小的缺口，极有可能蔓延成一片烈焰熊熊的火海。

几乎不会有人来救火。对于旁观的一般民众来说，非常愿意看到几棵平日需要仰望的大树被顷刻烧焦的痛快景象。闪闪火光照着他们兴奋的脸，他们又鼓掌，又欢呼，甚至跳起了群舞。

他们之中可能也会有几个人头脑比较清醒，没有参与群舞，看着被烧焦的大树，也就是被谗夫们伤害的君子，企图说几句公道话。但是，正因为君子原来的名声并非实体，被诬被冤也缺少确证的凭信，即使试图救助也缺少救助的依据、资源和逻辑。他们在束手无策之中开始怀疑自己：既然那么多人采取同一个态度，也许"群众的眼睛是雪亮的"？

被伤害的君子更难自辩，因为颠覆名声的第一步，总是会破坏被颠覆者的基本信誉。既然基本信誉已被怀疑，自辩当然无效。"时至今日还在说谎！"这是一般民众对自辩者的"舆论"。

君子为自己的名声辩护，需要有法庭，有法官，有律师，有法警，有陪审，有证人，有证据，有上诉……但这一切，在名声的领域都不存在。虽然法律上也有"损害名誉权"的条款，但那只适用于某种浅陋的罕例。真正的名誉案件，往往越审越损害被害者，这在全世界都心照不宣，又以中国为最。

总之，君子的名声天然地埋伏了大量对立面，广大民众又基本站在对立面一边。无人想救，无人能救，而自己又缺少辩护的资格。这就难怪，那么多品德高尚的君子默念几句"人言可畏"，含恨自杀。

四、功能缺失

说到这里，我不能不对中国的"君子之道"略做批评。我已经写了那么多文字称颂它，因此也有必要说一说它的负面效应。

我曾多次论述，中国传统文化的一大弊病是疏淡公共空间

（public space），中国君子并未被赋予"勇于在一切公共领域运用理性"（康德）的职能。因此，君子受谗夫之谤，本是一个"公共空间"、"公共领域"的重大话题，却得不到公共理性的保护。其他君子即使"打抱不平"，也不存在正常的伦理身份。这一来，君子一旦受谤，只能面对以下几项选择：

一、请求朝廷为自己洗诬，即"平反"；

二、不与谗夫辩论，只是反躬自省。如果自省之后诽谤仍然不止，证明自己的修养还不到家；

三、如果名声已被诽谤彻底毁坏，那就安心领悟"名高必坠"的道理，不再执着谁是谁非。

这三项中，第一项靠的是事外力量，第三项靠的是事后安慰，因此关键是第二项，即把诽谤事件转变成了一个自省事件。在君子之道中，不难找到以下这些让人感动的话：

"吾日三省吾身。"

"君子求诸己，小人求诸人。"

"何以息谤？曰无辩。"

"修之至极，何谤不息。"

"谗夫毁士，如寸云蔽日，不久自明。"

……

总之，按照这种高尚的说教，君子如果遇到了谗夫，遇到了诽谤，只能静静地等待，深深地自省。

这种自省哲学其实也就是退让哲学。君子们在唾面自干的忍辱功夫中，把世间的真伪之别、是非之别、善恶之别全都混淆了，是一个巨大的精神泥潭。埋没在这个泥潭中的，不仅是无数君子的尊严和生命，而且还有社会的公理、人间的正义。

至于"名高必坠"的逆反哲学，看似冷静，其实还是支持了谗夫。因为谗夫是让高名坠落的推手，如果这种逆反哲学成立，他们反倒代表了历史的力量。

即使大家公认，那些高名的坠落是不应该的，那么，这种哲学又会转而从另一个角度进行安慰，说那些高人即便暂时坠下，也会刺激他们取得更高成就，迟早会挽回名声。为此还不断举出例证，说哪个军事家因受诬而遭断足，反而写出了兵书，哪个大诗人因受诬而遭放逐，反而写出了名作……

这种安慰，仍然让谗夫代表了历史的推手。从所举例证看，完全"以一概万"，把特殊罕例当作了天下公式。千百个高人被谗夫整倒了，只有一两个侥幸存活，怎么能以这种稀有的侥幸来掩盖无数的冤屈？何况，即便是这些稀有的侥幸，也煎熬着巨大的痛苦和伤残，实在是人间正道的反面。

总之，当君子的名声受到谗夫攻击时，君子之道老是在教育君子、训诫君子、安慰君子、说服君子，却没有任何力量来对付谗夫。这就使君子之道失去了自卫的依据，任凭自己的信奉者、追随者一次次被攻击、被包围、被泼污。不管怎么说，这是一种重大的功能缺失。

我认为，中国历史上大量的杰出人物不得善终，多数响亮的名誉只能追加于他们去世之后，社会机制永远重复着"优汰劣胜"的潜规则，都与君子之道的这种功能缺失有关。

更可怕的是，这种传统沉淀成了一种扭曲的社会共识。只要君子蒙谗，多数民众的目光只会集中审察君子，而不会审察谗夫。审察君子，主要也不是审察他们究竟有没有被冤，而主要是看他们的"态度"，也就是他们的自省程度和退让程度。在这种情况下，多数民众其实都站到了谗夫立场上。

民众不明白"他人的名誉不可侵犯"，只相信"他人的名誉不可容忍"；

民众不明白"名誉的多寡决定着社会的等级"，只相信"名誉的毁损充满着世俗的愉悦"；

民众不明白"名誉的废墟是大家的废墟"，只相信"大家的废墟是大家的平等"……

这一系列观念的长久普及，使谗夫们逐渐升格为"揭秘勇士"、"言论领袖"、"爆料专家"，从者如云，一呼百应。

应该说，世界历史上，谗夫处处都有，唯独在中国，特别神通广大；诽谤处处都有，唯独在中国，足以排山倒海；冤屈处处都有，唯独在中国，伤及精神主脉。指出这一事实，并非否定历史，反而更对中国历史上的万千君子肃然起敬，他们实在辛苦了。

他们总是因为德行高尚而走投无路。在百般无奈之下，他们只得选择下策，那就是想尽办法请求朝廷为自己洗污。因为当社会舆论总是站在谗夫一边，君子们唯一能指望的，只能是极权中心。

但是，朝廷并非由君子组成，历来对君子遭受的困境，无法感同身受。朝廷所警惕的永远是权力失衡，而谗夫们的种种作为，永远不对朝廷构成直接威胁。在多数情况下，更让朝廷头痛的，不是谗夫，而是君子。因此，君子在危难时分求助于朝廷，几乎无救。

很多君子自杀，正是因为看透了这层秘密。但是，还是有不少君子仍然留下了哀怨的眼神。其中，包括了伟大的屈原和司马迁。

为了名誉而向朝廷求助的君子，在历史上不胜枚举。其中最让我感到痛心的，是宋代女诗人李清照。这么一个柔婉蕴藉的东方女性美的最高代表，居然也会为名誉奔波了大半辈子。

这种反差，再强烈不过地凸显了名誉与君子之间的艰难关系。对这件事，我曾不止一次论及，那就不妨在本文中做一点儿较完整的解析。

五、可怜李清照

她清纯绝俗，风华绝代，总是独自伫立于西风黄花之中，从不招谁惹谁，怎么会有名誉问题呢？如果有了名誉问题，又怎么会在乎呢？

但是，事实与人们想象的，完全相反。

李清照在与赵明诚结婚之后，就开始面对长辈们遭受的名誉灾祸。这种经历像是一种试炼，让她明白一个人在名誉问题上的乖谬无常。

她的父亲李格非与当时朝廷全力排斥的所谓"元祐党人"有牵连，罢职远徙。这种名誉上的打击，自上而下，铺天盖地，哄传一时，压力极大，但年轻的李清照还能承受，因为这里还保留着另一种名誉——类似于"持不同政见者"的名誉。然而不幸的是，处理这个案件的，恰恰是丈夫的父亲赵挺之！

这一下就把这对恩爱的年轻夫妻推入十分尴尬的境地：只要一方的父亲能保持名誉，另一方的父亲就必然失去名誉。这种你死我活的格局压在一个家族的头顶，实际上连一半名誉也无法保持，只能是在众目睽睽之下被别人看笑话，两败俱伤。

李清照身在其中立即体会到了这种尴尬，曾大胆写信给公公赵挺之，要他以"人间父子情"为虑，顾及儿子、儿媳和亲家的脸面，不要做炙手可热、让人寒心的事。

一个新过门的儿媳妇能够以如此强硬的口气上书公公，可见做公公的赵挺之当时在亲友家族乃至民间社会中是不太名誉的。但实际上，赵挺之很可能是一个犹豫徘徊的角色，因此最终也遭到打击。甚至在死后三天，家产被查封，亲属遭拷问，儿子赵明诚也被罢免官职。

事虽如此，他原先缺失于民间士林的名誉并没有恢复，反而增加了一层阴影，人们只把他看成三翻四覆的小人。古往今来，很多勉强进入不同身份而又良知未泯的知识分子官吏，大多会在自身名誉上遭此厄运，又百口莫辩。

这时，李清照跟随着落魄的丈夫赵明诚返回故里青州居住。他们这对夫妇对世间名誉的品尝，已经是涩然不知何味了。

我想，被后世文人一再称道的赵明诚、李清照夫妇在青州十余年的风雅生活，他们购书、猜句、罚茶等令人羡慕的无限情趣，正是在暂离升沉荣辱旋涡后的一湾宁静。他们此时此地所达到的境界，好像已经参破红尘，永远不为是非所动了。但是，事实并非如此。

名誉上的事情没有止境，你参破到什么程度，紧接着就有超过这一高度的骚扰让你神乱性迷，失去方寸。就像是催逼，又像是驱赶，非把你从安宁自足的景况中驱赶出来不可。

似乎是上天的故意，李清照后来遇到的名誉问题越来越大，越来越关及个人，越来越无法躲避。例如那个无中生有的"玉壶事件"，就很典型。

李清照的丈夫赵明诚是一位远近闻名的文物鉴赏专家，自己也藏了不少文物。在他病重期间，曾有一位北方的探望者携带一把石壶请他过目。没想到，赵明诚死后即有谣传兴起，说他直到临死还将一把珍贵的玉壶托人献给金国。

当时宋、金之间正在激烈交战，这种谣传关涉到中国文人最重视的气节问题。李清照再清高，也按捺不住了。

她一定要为至爱的亡夫洗刷名誉，但又不知道应该如何洗刷。

想来想去，选了一个最笨的办法：带上夫妻俩多年来艰辛收藏的全部古董文物，跟随被金兵追得走投无路的宋高宗赵构一起逃难。目的之一，是表明自己和古董文物的政治归属。甚至，还想在必要时把这些古董文物献给朝廷。

她的思路是，谣传不是说我的丈夫将一把玉壶献给了金国吗？现在金国愈加凶猛而宋廷愈加萎弱，我却愿意让自己和古董文物一起追随宋廷，这岂是有势利之心的人做得出来的？已故的丈夫与我完全同心，怎么可能叛宋悦金呢？

只有世界上最老实的文化人，才想得出这种表白方式，实在是笨拙得可爱又可气。

她显然过高地估计了造谣者的逻辑感应能力。他们只顾捕风捉影罢了，哪里会留心前后的因果关系？

她也过高地估计了周围民众的内心公正。他们大多乐于听点儿别人的麻烦事罢了，哪里会感同身受地为别人辩诬？

她更是过高地估计了丧魂落魄中的朝廷。他们只顾逃命罢了，哪里会注意在跟随者的队伍里有一个疲惫女子，居然是在为丈夫洗刷名声？

宋高宗在东南沿海一带逃窜时，一度曾慌张地在海上舟居。可怜的李清照，跟随在后，从越州（今绍兴），到明州（今宁波），再经奉化、台州入海，又经温州返回越州。一路上，居然还带着那么多行李！

这一荒诞的旅程，最后在一位远房亲戚的劝说下终于结束。但在颠沛流离中，所携古董文物已损失绝大部分。

付出如此代价，名誉追回来没有？这真是天知道了。

至此，李清照已经年近五十，孤孤单单一个人，我想她一定累极了。

在国破家亡的大背景下，她颓然回想，父亲的名誉、公公的名誉、丈夫的名誉，已经摧肝裂胆地折腾了大半辈子，究竟有多大实质性的意义呢？她深深喘一口气，开始渴望过几年实实在在的日子。

她已受不住在寒秋的暮色里回忆早已远逝的亲情抱肩而泣的凄楚，她想暂别往昔，她想寻找俚俗。根据李心传、王灼、胡仔、晁公武等人的记载，她在思虑再三之后接受了一个叫张汝舟的军队财务人员的热烈求婚，又有了一个家。

她当然知道，在儒家伦理的重压下，一个出身官宦之家的上层女子，与亡夫的感情弥深弥笃，而且又年近半百，居然公开再嫁，这会受到上上下下多少人的指责？我们今天还能看到当时文人学者对李清照再嫁的恶评："传者无不笑之"、"晚节流荡无依"……这就是她在当时文化界"赢"得的名声。

对此，我们的女诗人似乎有一种破釜沉舟般的勇敢。

如果事情仅仅到此为止，倒也罢了。李清照面对鼎沸的舆论可以闭目塞听，关起门来与张汝舟过最平凡的日子。然而万万没有想到，这个张汝舟竟然是不良之徒。他以一个奸商的目光，看上了李清照在离乱中已经所剩无几的古董文物。所谓结婚，只是诈骗的一个手段。等到古董文物到手，他立即对李清照拳脚相加，百般虐待。

可怜到了极点的李清照，只要还有一点点儿可以容忍的余地，是绝不会再度破门而出公开家丑的。她知道一切刚刚嘲笑过她的正人君子们得知内情后，必定会笑得更响。但她毕竟更知道生命的珍贵，知道善良、高雅不应该在凶恶横蛮前自甘灭亡。因此，她在结婚三个月后向官府提出上诉，要求解除婚姻关系。

李清照知道宋朝的一项怪异法律，妻子上告丈夫，即便丈夫真的有罪，妻子也要跟着被判两年徒刑。但她宁肯被官府关押，宁肯审案时在大庭广众之下与无赖的丈夫对质，丢尽脸面，也要离婚。

没有任何文字资料记载李清照出庭时的神态，以及她与张汝舟的言辞交锋内容。但是可以想象，为了达到离婚的目的她必须诉苦，只要诉苦就把自己放置到了博取人们同情的低下地位上，这是她绝不愿意做的。更何况，即便诉苦成功，所有旁观者的心中都会泛起"自作自受"四个字。这些，她全能料到。如此景况，加在一起，出庭场面一定不忍卒睹。

让这一切都从历史上隐去吧，我们只知道，这次上诉的结果，张汝舟被问罪，李清照也被关押，离婚算是成功了。幸好，由于一位朝中亲戚的营救，李清照没有被关押太久。

出狱后她立即给营救她的那位亲戚写信，除了感激，还是在担心自己的名誉："清照敢不省过知惭，扪心识愧。责全责智，已难逃万世之讥；败德败名，何以见中朝之士"；"虽南山之竹，岂能穷多口之谈？惟智者之言，可以止无根之谤"。

女诗人就是在如此沉重的名誉负荷下，悄悄地进入了老年。由此，我们可以更深入地懂得她写于晚年的代表作如《声声慢》了，那就不妨再读一遍：

> 寻寻觅觅，冷冷清清，凄凄惨惨戚戚。乍暖还寒时候，最难将息。三杯两盏淡酒，怎敌他，晚来风急！雁过也，正伤心，却是旧时相识。
>
> 满地黄花堆积，憔悴损，如今有谁堪摘？守着窗儿，独自怎生得黑！梧桐更兼细雨，到黄昏，点点滴滴。这次第，怎一个愁字了得？

不知道为什么我们许多写李清照的影、视、剧作品，都讳避了她如此剧烈的心理挣扎。可能也是担心一涉名誉，就会怎么也表述不清吧？名誉，实在是一种足以笼罩千年的阴云。

结果，讳避了又讳避，千千万万读者不知李清照命运悲剧，却在心中一直供奉着一个无限优雅的李清照。

这是一种虚假吗？好像是，但往深里一想又不是。这是一种比表层真实更深的真实。

挣扎于身边名誉间的李清照虽然拥有几十年的"真实"，反倒并不重要；而在烦闷时写下　些诗词的李清照，却创造了一种东方高雅女性的人格美的"大真实"，并光耀千秋。

为此，真希望饱学之士不要嘲笑后代读者对李清照命运悲剧的无知。这种无知，正体现了一种历史的过滤和选择。那些连李清照本人也担心"难逃万世之讥"的恶名，并未长久延续。真正延续万世的名誉，在当时却被大家忽视了，包括李清照自己。

至此已可看出，我花这么多笔墨来谈李清照，是舍不得她的故事对于名誉的全方位阐释功能。名誉的荒诞性、残忍性、追逼性、递进性，以及日常体验的名誉与终极名誉之间的巨大差异，都包含在其中。

有趣的是，后来一直有一些大学者出于名誉考虑，努力否定李清照曾经再嫁，说那是一群小人为了损坏李清照的名誉而造的谣。例如朱彝尊、王士禛、俞正燮、李慈铭都做过这样的事。他们学问高，名声大，总该恢复李清照的名誉了吧？但是，如果恢复了，那是真名誉吗？或者说，后代读者真会因为她曾经再嫁，低看她在诗词上的崇高名誉吗？

六、几点结论

写到这里，我可以对君子的名誉问题发表一些归结性的意见了。

第一，正在苦恼的名誉，大多无足轻重。

天下真正的大名誉如高山大川、丽日惠风，隐显之间不会惹人苦恼。惹人苦恼的，无非是四周的低语、躲闪的眼神、时下的忌讳、如风的传闻……但这一切，全是嗡嗡如蚊、嘤嘤如蝇，来也无踪，去也无影。为它们而难过，枉为一个挺立的人。等着吧，不必很久，你就会为昨夜的叹息后悔，为今晨的眼泪羞愧。

可以肯定，为名誉受损而苦恼的人，绝大多数都在心里把事情严重夸大了。曾在一本书里读到，一个儿子为了报纸上一篇损害自己名誉的文章又气又恨，寻死觅活，他的爸爸前来劝慰。爸爸问了一系列的问题：这份报纸，城里看的人有多少？看报的人，眼睛会扫到这篇文章的人占多少？这中间，会把文章读完的人有几个？这几个人中，能相信文章内容的人又有几个？相信的几个人中间，读完文章一小时后还记得的人会有吗？如果有，那么，第二天早晨是否还记得？……

儿子听了爸爸的这些问题，仔细一想，破涕为笑。可惜，大多数为名誉受损而苦恼的人，没有这样一位及时到达的爸爸。

第二，真正重大的名誉，自己无能为力。

真正重大的名誉，一定是自己生命质量的自然外化，又正好被外界降重接受。无论是自己的生命准备还是外界的接受背景，都长远而宏大，无法突击，无法速成。也就是说，这样的名誉，是追求不到、争取不来、包装不出的，也是掩盖不住、谦虚不掉、毁灭不了的。因此，君子不应该成为一个求名者、忧名者、念名者、夺名者。

十七世纪英国政治家哈利法克斯说："从被追求的那一刻开始，名誉就是一种罪恶。"这话讲得太重，因为这要看追求的程度和后果。我觉得中国六世纪文学家颜之推的说法比较平稳：

上士忘名，中士立名，下士窃名。

——《颜氏家训》

这就是说，要成为"上士"也就是君子，应该忘名。万万不可像"下士"那样去夺名，夺名其实就是窃名，于是"下士"也就等同于小人。"中士"就是介乎君子和小人之间的普通人，可上可下。要上，就不能惦记名声。

为什么不能惦记？因为名声的归属是自然而然的事情，一旦惦记，证明那名声未必属于自己，你却想争取过来。这种争取，就有了求的成分，窃的成分。

第三，一旦名誉受诬，基本不要在意。

名誉受诬，难免令人不悦。但是，受诬的名声既然与自己不合，那就不属于自己，只是名字重合罢了，当然完全不必在意。智者劝告：不为他人的错误惩罚自己；我则进一步劝告：对于恶名，也不可"窃名"。

不要那么推重谗夫，不要那么推重传谣者，也不要那么推重信谣的民众，不管他们的数量有多大。哪怕是一百万人都相信了，那也只是表明一个谣言收降了一百万个俘虏，而且是道义和智能都很低的俘虏，当然可以忽略不计。

历来说，"众口铄金"。我觉得，不要相信。如果是真金，多少张口能把它铄了？铄了的，一定不是真金。当然，也可能铄掉一点儿外层熔点极低的杂质，那对金来说，倒是好事。如果因名声起落失去了头衔，失去了朋友，甚至失去了一段婚姻，那就证明那些头衔、那批朋友、那段婚姻本不值得留存。从这个意义上，诬陷，是我们人生的清洁剂。谗夫，是我们人生的清道夫。免费获得了清洁剂和清道夫，真该感恩。

除此之外，谗夫还有另一个作用，那就是从他们活动的程度和频率，来反推我们成绩的程度和频率。因为如果没有特别好的成绩，就不会有谗夫的光顾。因此，他们又是反向的"颁奖者"。

第四，更高一层修炼，排除"名执"、"我执"。

君子是儒家概念，其实我们探讨君子之名，可以超越儒家，达到更彻底的境界。

例如老子说："名可名，非常名"，一下子就把名的确定性、指向性，全都取消了。名是一个套子，既套不住各异的个体，又套不住流动的时间，因此从本性上就是假的，不必存在的，不管是正名、邪名、好名、恶名、实名、虚名，都是这样。按照老子的观点，怎么还会有名誉的问题？

佛教更为彻底，一切名相皆是空幻。不仅是名，连"我"也是空的。人间正因为执着于"我"，造成多少纠纷和痛苦，而在无常的大千世界，"我"究竟是什么？消除了对"我"的执着，也就是消除了"我执"，那还会对"名"执着吗？僧侣团队中的每一个人，把自己从小就有的名字也脱卸了，只为称呼之便加了一个来自佛法的法号，那就做了一个把名看空的实验。结果，大家都看到了，他们中的大多数，反而更加自在、更加喜乐。

如果把"名执"、"我执"看成是人间痛苦之源，那么，君子之名也就获得了根本性解决。

但是，无限超脱的老子和佛教也不否认世上有善恶，人间有大道。因此，对于名誉问题，还有一件事要做。

第五，面对他人受诬，应该仗义执言。

如前所述，谗夫毁损君子名声，其实是在毁损社会的公共伦理。发现这一事端的所有君子，除了当事人因身份不便可以豁免外，都应该站出来捍卫公共伦理。就像康德所说的，"勇于在一切公共领域运用理性"。只有这样，社会才能在精神意义上真正有序。这在中国儒家哲学中，称之为"大道之行"、"王道之立"。在佛教中，称之为"无缘大慈，同体大悲"。

身边的某一个君子受诬，看起来是一件小事，其实却侵扰了天下公理，破坏了信用体系，人人都有责任阻止。如果这个诬陷不遏制，那个谣言不揭穿，日积月累，必然是天下公理的倾覆，谁也活不下去。《礼记》里的那段名言应该让所有的君子牢记：

大道之行也，天下为公，选贤与能，讲信修睦。

——《礼记·礼运》

这是中国自古以来追求的美好社会理想，每读一次都让人振奋一次。它指出，一旦施行大道，天下人人有份，因此要选得贤能之士，达到诚实无欺、友爱无伤。按照这个标准，一切君子都应该站出来卫护社会信誉，修护他人尊严。只有这样，才有"天下为公"。时间一长，就有可能达到前面所说的"大道之行"、"王道之立"、"无缘大慈，同体大悲"。

由君子之名出发，层层辨析，终于抵达了这么一个宏伟而美好的理想境界，我为这次写作感到高兴。

君子之伪

一、一字病穴

文化思考的最高等级，不是加法，而是减法。

对于愈是庞大、愈是复杂的对象，愈要做减法。

我曾做过很多实验，努力找出一个宏伟机体的最关键"命穴"，用一个字来概括。例如，对于历史悠久、支派繁多的"君子之道"，若要层层剥除剩一个字，我认为那个字是"德"。

那么，对于整个中华文化，且把它的千般优势暂时搁下，光说它的种种弊病，而且也必须用一个字来概括，这个字是什么呢？

这个字是：假。

是的，这是中国文化千年未消的一个病穴：假。

这一个字，如果用现代学术语言进行比较平静的表述，可以这样说：中国文化历来最大的弱点，是严重缺少证伪机制。

这种平静的说法背后隐藏着多少灾祸、战乱、冤屈、颠倒、倒退，简直无法想象。

历来所要的，只是忠奸之分、分合之选、道术之争、盛衰之衡、得失之论、华夷之别，从来等不到一场至关重要的真假之辨。于是，假，潜伏在争论的任何一方，永远安全，越长越大。而正是它，败坏了对立的双方，败坏了一切。

直到现在，很多看似十分紧缺的社会观念，为什么迟迟不能生根？原因是，它们的假体，早已风行一时，因此让真体无从插足。例如"民主"，实在是一个不错的观念，但它在"文革"中曾以超常的规模和体量席卷九州，让人不寒而栗；而时至今日，中国社会上暴民、刁民们发挥的能量和取得的实效，也无与伦比。这一些，都被称之为"民主"，甚至是"大民主"，那么，什么是真"民主"？很难辨得清了。而且，领略过宏伟假"民主"的中国人，确实也更能发现那些标榜真"民主"的地方的虚假性。

这果然合得上中国最伟大小说家曹雪芹的结论："假作真时真亦假。"

假，世界各国都有。但是，受假的侵害最深，而且仍在生生不息的，独数中国。假数字、假案件、假证据、假证人、假记者、假文凭、假医生、假品牌、假酒、假药、假茶……永远如雨后春笋，遍地皆是，屡禁不绝。

特殊之假，起于骗子；中度之假，起于牟利；广泛之假，起于文化。

不错，还是回到那个平静的学术判断：中国文化严重缺少证伪机制。

正因为是千年机制，实在无可奈何。即使我们天天见假而恨，见假而怒，见假而泣，却仍然不知如何从根本上整治。当然也能看到一些整治措施，但对这些措施的长久效能，却还心存怀疑。

那么，能做一些什么呢？

我想，既然主因在于文化，那也不妨从文化上说说它。有效无效，大效小效，那就顾不到了。

我曾反复论述，一切文化的最后成果是集体人格，而中华民族对集体人格的选择是君子之道。但是，正是在君子之道的伟大结构中，也羼杂了大量的虚假和伪诈。

"伪君子"，在中国语文中是一个常见词语。而且，一见这个词语，多数中国人都会联想起一张张生动的脸庞，一个个鲜活的身影。

但是，当"伪君子"已成为一个固定的恶名，它又有可能成为一枚石块任意丢掷，伤及不该伤害的人。在我看来，仅仅是只求其表，只求其名，还算不上"伪君子"；一直想做君子而修炼不够，处处露怯，也算不上"伪君子"。只要不是故意作假，一切向往君子的企图都应该鼓励。我注意到了，随意地把别人称作"伪君子"的人，自己究竟是什么人，倒是特别应该存疑。

我会在下文中列举出一些已经被法律认定为罪犯的"伪君子"，借以说明，在哪些方面，君子最容易被"伪"；在哪些方面，君子最不应该被"伪"。

二、共伪结构

最常见的，是文化之伪。

历来有很多人，把文化和君子画上了等号。

经常听人这样说："那些年轻人做坏事，是因为缺少文化。"

他们所说的文化，与我在《何谓文化》一书中系统讲述过的文化不同，似乎主要是指年轻人的各课考分，以及古文、英文、写作等文化知识和文化技能。对于年长的人也是一样，一听到有人在谈论书籍，就会预估这个人品格不错。如果谈论者口中吐出的居然不是口语，而是文言，那就多半会被看成君子。如果那几句文言大家从来没听到过，而其中似乎又带有一点儿吟诵的腔调，那大家更会对之鞠躬敬礼了，似乎他刚刚从屈原身边走来。

也有一些人比较清醒，并不完全把两者混为一谈。但也会提出一些"中性逻辑"，很容易让人相信。例如：

"读书多了，人就坏不到哪里去"；

"一个地区多造几个图书馆，就会减少几成犯罪率"；

"文如其人，字如其人。人品和文品虽有差距，但基本统一"；

"我儿子年纪轻轻就上了两个国学班，将来一定是做官的料"；

"我们老板能流利背诵很多古诗，是个儒商，怎么会欺诈你们？"

……

这些话，组合成了一种全社会的"职能错配"，让文化外饰冒充了道德主体，后果非常严重。

本来，道德缺失就是道德缺失，事情比较明晰，缺失程度的轻重分布也一目了然。但是，有了这种文化外饰的冒充，一切都混乱了。乍一看处处文化，处处国学，处处知识竞赛，处处历史讲坛，似乎立即要进入一个"君子国"了，但大家都已经看到，人们对社会精神重建的企盼，仍然非常失望。民众的道德水准，甚至低于战火纷纷、衣食不周、文化匮乏的时代。

为什么会这样？还是那个字，"假"了。职能错配，让本来不假的两方面，都假了。为了揭示这些事端的荒诞性，我想用一个寓言式的比喻来加以说明。

某乡有一个潦倒秀才，无以为生，却写得一手不错的毛笔字。有一年该乡疠疫成灾，大家病笃乱投医，猜想能写毛笔字的人可能也会开药方，就把秀才请出。秀才抵挡不住美言、厚馈的诱惑，也就凭着一点儿往昔的道听途说当起了医生。他飞动的笔墨带来了民众的安心，民众的拥挤带来了他的自信……这场游戏就这样做下去了。游戏的结局是全乡的死亡，包括这个伪医生。

请注意这个寓言里的"共伪结构"。不管起因多么急迫，多么无奈，多么可以原谅，但当事情一旦开始，一切都"伪"了。伪医生，伪按脉，伪医嘱，伪药方，伪起色，伪痊愈，伪复发……随之而来，许多无辜的信号也被"伪"所笼罩，例如，半夜的脚步，熬药的炭火，族长的拜谢，外乡的传闻，等等。连那个秀才，也不再是个真秀才。

百伪之源，就是职能错配。

在我看来，以文化外饰冒充道德主体，其后果之恶劣、广泛、长久，远远超过那个乡间秀才冒充医生的事件。

我在《北大授课》中曾以一系列汉奸的姓名证明，"国学"与"爱国"无关，甚至还会产生悖逆。由此我还要进一步说明，文化知识、文化技能、学历、名校、专业等等，也与道德人格关系不大，切莫错配。错配了，虽然不见得会产生大量汉奸，却一定会产生很多一脸文雅的"伪君子"。

三、绑匪纸条

有人说，"文化之伪"总比"江湖之伪"好一点儿，没那么多血腥。

有人说，"古今文字像一只只隐形的手，把人从伤害生命的底线前拉回"。

对此我完全不同意。

以我亲身经历，当百岁高龄的巴金躺在病床上的时候，中国内地南方和香港的部分文人发起了一个以最肮脏的语言辱骂他的运动。在人类历史上，还很难找得到哪个土匪黑帮伤害百岁老人的事例。

以我亲身经历，五一二汶川大地震全民救援，连很多平日的"不良少年"也都纷纷参与了，而在网络媒体上歪曲和侮辱救援的，只有文人。

还可以举出大量实例，都与"伤害生命的底线"有关。但在伤害时，他们全都扮演着"君子"。好像，敢于做土匪不敢做的事，才是"君子"；敢于不相信天下一切捐助，而自己也绝不捐助的，才是"君子"。他们发表这些意见的文章，确实写得字斟句酌，跌宕起伏，痛快淋漓。

偶尔，他们中的个别人，也会由于一时失算，遭遇到警察。

例如，我读到司法部门编印出版的一本法制文摘，其中刊登了一九九八年八月一日在湖北省破获的一起绑架杀人案。那样的"君子"中的一员，在那里碰到了麻烦。

这起绑票杀人案其实早在八年前就发生了，侦查了很久没有结果。

这天，一位名叫吴忠义的刑侦专家在翻看旧案卷时发现了绑匪写的一张纸条。他先匆匆瞟了一眼，突然若有所思。很快，他决定重新侦查此案，而侦查的范围，划定在受过高等教育的文化人中间。

究竟是一张什么样的纸条，给了刑侦专家一个重新判断的机会？

那张纸条上其实只写了十九个字，六个标点符号。其文曰：

　　过桥，顺墙根，向右，见一亭。亭边一倒凳，其下有信。

写这张纸条的罪犯是在向受害者的家属指点藏信的所在。他竭力想把句子缩到最短，减少信息量，但他忘了，文字越减缩，越能显现一个人的文化功底。

请看这十九个字，罪犯为了把藏信的地方说清楚，不用东西南北、几步几米的一般定位法，而是用动词来一路指引，这在修辞上显然是极聪明的选择。

四个指引词，"过、顺、向、见"，准确而不重复，简直难于删改。特别是那个"见"字，用在此处，连一般精通文字的写作人也不容易办到。一般会写成"有"，但那就脱离了动词指引的统一性。

更有趣的是，这个句子读起来既有节奏又有音韵，在两个"二三"结构的重复后接一个"五四"结构，每个结构末尾都押韵。看得出，受到晚明小品的不小影响。

罪犯当然不会在这里故意卖弄文采，只能是长期读古文、写旧体诗的习惯，产生了自然流露。

如果他自己发觉了这种流露，一定会掩盖的，但他没有发觉，可见实在成了一种表述本能。时至今日，能有这般表述本能的人已经不多，因此侦查的范围可缩得很小。

那地方有一所大学。很快破案，罪犯是一个大学教师。

谁揭发了他？文化。

当然，这里所说的"文化"，是指现在广泛崇尚的文化知识和文化技能，而不是现在严重喑哑的文化道义和文化人格。

由于绑匪的文字功力，我还稍稍关注了一下案情。原来，事情的起点并不邪恶，而是他与被害学生在河堤上做转圈游戏。学生转晕后掉到了污水沟里，摔掉了几颗门牙，满脸是血，他怕家长怪罪，就用手去捂学生流血的嘴，而且一直捂了下去。他当时心里想的是"小过难辩，大过难罪"、"至繁不如化简"、"无毒不丈夫"、"一不做二不休"，都是传统文化中的语言。

学生死后，他感受到"化繁为简"的效用，便立即思考如何"化害为利"。他觉得最聪明的办法是制造一种"绑架"学生的假象，向学生的家长敲诈。

真绑架已经够麻烦的了，何况是假绑架，他要考虑很多技术环节和心理效果。在智力不够的时候，他仍然向中国的历史文化求援，运用了一系列"声东击西"、"欲擒故纵"的谋术，把"宫廷智慧"、"三国智慧"全都用上了。结果又见机而收，安全撤退，让警方完全束手无策，只得把案子作为"悬案"搁置下来。

这以后，他又用中国传统文化中的一系列"隐潜术"、"隔断术"、"放松术"、"偷窥术"，躲到了大学的讲台边。整整八年，无风无浪，无惊无吓。他侃侃而谈，讲诗词，讲国学，讲君子，讲道德。

如果没有那位刑侦专家吴忠义在尘封的案卷上多溜了一眼，那么，这个人一定还会被奉为"国学泰斗"、"师德模范"，广受崇敬。因为一算，这个人的年龄和教龄都已足够，头发也该白了。

顺便要借这件事，提一提我和上海那几个"咬文嚼字专家"的分歧。如果看到那张绑匪的纸条，他们会让学生们品咂那十九个字的遣词造句；而我，则要学生们注意这张纸条背后的血迹，以及许多文字背后的生命陨灭。

有一段时间，我以为这种文化高超的犯罪，只是特殊的案例。但是，不久之后我受到上海提篮桥监狱监狱长麦林华先生的邀请，去为五千名罪犯演讲，获得了更深入的感受。

监狱长说，邀请我，是因为收集了多数犯人的要求。可见，犯人也看书，而且是看很严肃的书。监狱里没有五千名犯人可以一起聚集的大会场，主要是借助各监舍的视频，又有几百名犯人来到演讲厅与我直接面对。我演讲的后半部分，是与现场的犯人对话。但一对话，我吃惊了。

那些犯人提出的话题，在我记忆中，只可能出现在重点大学的博士班，甚至更高，出现在我们评审教授的口试中。话题很广，包括中外哲学、历史、艺术、文学、时政，都是第一流的切入方位。我表情兴奋而又怪异，一一进行回答。由于问题太多，占据了很长时间。我在整个过程中，至少有九成时间，忘记了这是在监狱。

结束后我问监狱长，他们犯的是什么罪。监狱长说，大多是高智能的诈骗、盗窃、走私，都是重罪犯。

在那次经历之后，我特别留心，发觉现在社会上高智能、高学历、高文化的犯罪，已经越来越多。

这种高智能犯罪，倒不仅仅发生在中国。外国这样的人也层出不穷，在比例上，西方更高于中国。我经过比较发现，西方那些人，大多出于自己的一个极端主义的观念，并不怎么装扮掩饰。

例如，毕业于美国哈佛大学的数学博士卡钦斯基，由于在文化观念上仇恨高科技社会，专门用邮包爆炸方式杀害大学教授和科学家，十八年间制造了十六起血腥大案。他强烈地希望公布自己的极端主义观念，写了一篇长文《工业社会及其未来》要求报社发表，并且声称如果同意发表就不再制造爆炸事件。又如，挪威那个杀害七十余名无辜者的凶手布雷维克，也是为了宣扬他立足极端种族主义、反对移民政策的立场。这些令人发指的罪犯，可谓十恶不赦，但"恶而不伪"，与中国那些明明害了人又假装文雅的"伪君子"，有很大区别。

中国"伪君子"的种种伪装中，文化之伪最为普遍，所以我说得多了一点儿，就此打住吧。

四、道义之伪

"伪君子"们知道，制造文化之伪最容易，制造道义之伪最关键。因此，道义，是他们迟早要攻坚的重点。

文化可以平静装扮，道义却不行，必须制造耸人听闻的事件。制造什么样的道义事件比较好呢？他们没有救灾的勇气，没有抗暴的胆量，没有捐助的慷慨，没有扶贫的胸怀，唯一能做的，是伪造道义的对立面，然后摆出拳打脚踢的姿势，证明自己在捍卫道义。

因此，那些试图建立自身道义形象的人，几乎都是伤害他人的诽谤者。他们深信，道义只有在摧残之中才能建立。当然，道义是假，摧残是真。

在这个问题上，我发现一个规律。天下害人的人，都有自己直接理由，例如，争权、谋财、嫉妒、报复、逞强、发泄。突然有一个人，把害人的直接理由变成了间接理由，说是为了捍卫道义，那就有三分之一可能，此人是"伪君子"。如果进一步，发现被害人没有反驳的机会，或者已经被此人制造的势头剥夺了反驳的可能，那么，三分之一的可能就上升到了三分之二。如果再进一步，发现此人在刻意把自己打扮成"英勇斗士"、"社会良心"，那么，所有的"可能"也就立即转化为"肯定"，也就是说，此人肯定是"伪君子"。

这是因为，不管怎么闹腾，都掩盖不了一个最根本的原理：天下一切道义的最终本质，是普及善良，克己利人，减少伤害。号称捍卫道义的人居然违背了道义的所有本质，伪不伪？

当然，捍卫道义也需要惩恶。但是，君子惩恶自有君子的理性规则。除了即时爆发的伤天大恶需要君子挺身而出快速阻止外，对于尚未"认定"的恶，必须遵守"认定"的合理程序，而且需要司法机构的参与。如果司法机构全不可信，那就要对体制和权势进行大胆质询。中国历史上所有大无畏的君子，都是这么做的。尽管他们也知道朝廷昏庸无能，仍然敢于面对危险申述正义。他们绝不会站在街头播弄舆情，攻伐某人。因为他们知道，一般民众不具备辨析实情的条件和能力，因此所谓舆情，也只是情绪挑唆的结果罢了。

挑唆民众攻伐一个民众并不知道其实情的人，借此来增添自己道义形象，这样的事，没有一个真正的君子会做。因此，铁定是"伪君子"。

前面说了，由于中国文化严重缺少证伪机制，因此中国民众很容易接受这种"伪君子"。结果，在中国历史上，听得最多的是道义、声讨、舆情，看得最多的是冤屈、悲剧、颠倒。这种情景，与朝廷的昏庸连在一起，与奸臣的狞笑连在一起，变得不可收拾。因此，我总是一次次提醒大家：听到道义，警惕；听到声讨，警惕；听到舆情，警惕；听到出现了"英勇斗士"、"社会良心"，更要万分警惕。

说到那些以"英勇斗士"、"社会良心"形象出现的"伪君子"，常让我们回想起一些陈旧的案件。

随手举一件吧，那个"伪君子"叫刘学保，一个在"文革"初期的"英勇斗士"。

事情说来话长。据他自己说，某一天，他与一个有"政治历史问题"的人搭班巡夜，突然发觉那个人居然安放好了炸药包准备炸一座大桥。他意识到阶级斗争就在眼前，立即冲上去搏斗，打死了那个阶级敌人，自己也负了伤，大铁桥终于保住了。

于是他成了当时著名的英勇斗士，全国许多报纸进行了宣传和颂扬。有一篇报道还进入了小学语文课本，当年的小学生现在已经年老，如果记性好一点儿，或许还能记得这个名字。

但是，此案从一开始就有现场勘察人员提出一系列疑问。例如：为什么他所指认的地方根本放不下一个炸药包？谁会用这么一点点儿炸药炸大桥？这样一个地方能够搏斗起来吗？如此等等。

可惜那是一个迫切需要敌人与英雄、破坏与搏斗的时代，一切疑问立即被淹没掉了。更重要的是，这种怀疑万一成立，名扬远近的英勇斗士立即就会成为一个杀害无辜的凶犯，中间不存在其他可能。

狂热的时代其实是最虚弱的，完全没有力量来面对这样一件事情的颠倒。因为一旦颠倒就意味着一系列社会观念的破灭，后果远远超出事件本身。

既然牵一发足以动全身，那么大家也就小心翼翼地不敢去动那根头发了。很多貌似堂皇的虚假之所以广泛流行，正与这种逻辑怪圈有关。

二十几年之后，社会观念发生了变化。人们对于被当年所有"英勇斗士"们伤害的千千万万无辜者，产生了同情。那个被刘学保打死的人，如果不存在"企图爆炸大桥"的可能，那么，就是一个蒙冤二十几年的受害者。他的亲族子女，还在世间。

那就应该求助于复苏不久的法制了。

法制能把事情的本质回归简明：二十几年前那两个在黑夜荒野间对峙的男人，哪一个是真正的罪犯？

法律需要证据，这是对刘学保案件重新侦查的最大困难。

复查人员几经思考，开始了工作程序。

第一步，先让事情回到二十几年之前。当年现场勘察人员提出的疑问虽被否定，但他们的名字留了下来。那么，再逐个找回他们，把褪色的疑问重新激活。还要找当年的其他证人和有关村民，让他们也回到二十几年之前。此事当然很难，但点点滴滴，证明材料逐渐积累起来。

第二步，考虑到这个案件的特殊性，花费最大的精力做模拟试验。好在当年对"英勇斗士"的采访连篇累牍，事情的具体过程已被反复报道得详尽无遗，刘学保自己做报告讲述"搏斗过程"的材料也在，为模拟试验提供了切实保证。同样这座铁桥，同样大小的炸药包，同样的两人站立方位，同样的搏斗程序，一次又一次地重复试验，把炸药包也一次次拉响，完全根据当年刘学保的描述，把他在描述时有可能夸张、挪移或记错的成分也考虑进去，结论终于出来了：整个事件完全不可能这样发生。不可能这么站，不可能这么走，不可能这么伤，不可能这么死。只剩下一种可能，那就是刘学保为了冒充"英雄"，残酷地杀害了那个无辜者。

第三步，审讯。这不复杂，今天的公安人员只是轻轻地抓住几个要害一问，立即漏洞百出。继续盘问下去，刘学保只得承认自己是故意杀人。二十几年前的闹剧和冤案，终于见底。

刘学保被判了无期徒刑。

于是，铁窗又镇住了一个"伪君子"，一个蒙骗天下很长时间的"伪君子"。

但是，他被铁窗锁住，毕竟十分偶然。如果他做得不是那么过分，又没有遇到一场政治运动的被否定、被清查，那就会十分安全。

事件有点儿特殊，启示却普遍有效。

一、在缺少道义的时代，最需要"道义伪君子"。在缺少君子的时代，也最需要"道义伪君子"，因为君子的本性在道义。

二、"道义伪君子"了解时代，察言观色，与时俱进。从过去的斗争哲学时期，到现在的民粹主义时期，他们都及时扮演，从不缺席。

三、"道义伪君子"渴望被崇拜、被仰望，居然每每如愿。他们知道，人们在崇拜和仰望中也就很难发现漏洞，更不会产生疑问。

四、"道义伪君子"表面上器宇轩昂，能说会道，而在袭击无辜时，手段都很暴戾。刘学保是直接谋杀，其他"伪君子"虽然用笔用口，用传媒网络，手段也极尽暴戾。但是，由于崇拜和仰望已经形成，暴戾也就随之流荡天下。

五、前面所说的"文化伪君子"至少还需要一些文化知识和文化技能，"道义伪君子"什么也不需要，光凭大胆、无耻就能成事。在中国传媒文化界，这两拨"伪君子"一直有合伙结拜的传统。

……

就说这些吧，也够了。

五、风度之伪

从孔子开始，许多经典人物对君子都有风度上的要求。

例如"温良恭俭让"，例如"君子欲讷于言而敏于行"，例如"君子之学也以美其身"，例如"君子盛德，容貌若愚"……

于是，千百年来，人们对君子的外在神貌有了一种理想型的幻影。时间越长，这种幻影越被美化，早已远远超过孔子他们的要求，变得很不真实。

记得几年前，我在为北京大学各系学生讲授中国文化史时，曾经要求听课的同学投票选择自己最喜爱的唐代诗人。结果，李白、杜甫还是稳定地排在了第一、第二位，那么第三名该是谁？按文学史惯例，该是白居易，但北大同学投出的是王维。问理由，很多同学说，根据一些依稀的记载，王维的外貌、风度更好。

王维排第三名也有资格，我不反对。然而此事也说明一种社会趋向：隔着层层尘幕，人们很在乎诗情的外化。当然，说大一点儿，也包括君子之道的外化。

一般的人，如果想象一个当代君子，浮现在脑海中的首先不是内涵，而是外形。如果要在外形中加一点儿内涵，那就被称作"风度"，也还是以外形为主。

"风度"的具体形象，居然能被大家不约而同、大同小异地想象出来，说明它具有了独立的价值。它既然能让人产生近似的联想和推断，那也就能形成预设的好感和信任。

问题就出在这里。正是对君子风度的价值预设，使很多伪诈之徒有机可乘。

他们全都冲着"风度"扮演起来了。其中一部分人聪明，能够扮演得不像扮演。于是，他们从一个特别的角度，成了让人信任的"君子"。

写到这里，我突然想起了自己在很多年前写的一篇文章《这样的男人》。翻了很长时间才找出，且抄录如下。文章有些长，做了一点儿删改。

一九九一年春天，一家法律杂志的负责人找到我，要我谈谈对当时轰动上海的三个女贪污犯案件的看法，他们准备刊登。我一听就惭愧，当时还在担任学院院长，忙得连报纸也少看，居然不知道这些案件，便请这位先生先给我介绍一下。

原来，三个女贪污犯的案情惊人地相似。她们都是未婚的美貌姑娘，都是单位里的财务出纳员，事发之前都品行端正。她们各自爱上了一个男子，男子借各种理由花她们的钱。她们为了爱，为了面子，自己省吃俭用，把父母的积蓄也搭上，仍然填不满无底洞，便开始一笔笔地贪污公款。

及至案发，由于贪污数字巨大，必判重刑，甚至有生命之虞；而那几个男子，却因为只花钱而不问钱的由来，无法定为贪污犯，只能轻判，关押一段时间便无事。

但是，正是这几个男子，明明知道女友是财务出纳员却故意不问钱的由来。有的还不断欺骗女友，说自己拿不出人民币只因为手头只有外币……

法律杂志的负责人开始向我介绍时还彬彬有礼，但越说声音越高，已经明显地表露出对这几个男子的愤慨。而我，则早已怒火中烧。

我问，你们刊物是否允许我，臭骂他们一顿？或者，提一些疑问向法律界朋友请教？

他点了点头说："请。"

记得当时我已无法坐着说话，站起身来边走边结结巴巴地吐出一个个断句。

我说，作为一个男人，我为他们感到深深的耻辱。他们连"凶恶"这个词都配不上，因为凶恶者大多数还有点儿硬气，他们居然连偷盗的勇气都没有，躲在女友柔弱的身体背后宰割女友！他们只有滑腻腻、阴嗖嗖的邪气……

我说，我的呼吁可能已经救不了这几个可怜而又愚蠢的女孩，但想与法律专家讨教，能不能给那几个真正的骗子更加严厉的处罚？

就像是一座城市的特产，几年后上海又出现了一个男人出卖女友的事件，虽然没有那么严重，却也传播一时。

后起的那个男人曾请他的一个朋友四处解释，试图挽回名誉。没想到几乎所有的人都扭过脸去。"连自己的女朋友也要出卖的男人，还说什么！"

一位女记者在一篇报道中写道，有一天她去采访一个犯人座谈会，刚刚结束，就有一位不认识的警察悄悄告诉她，前面将下楼梯的犯人就是欺骗女友的坏蛋之一。女记者立即跳了起来，叫住他，盯住他游移的目光，整整十秒钟。然后，强压心头的怒火，问了他几句。最后，厌烦得根本不想再看他了。

感谢这位女记者，在报道中记述了大家关心的其中一个女贪污犯。她从一次次申诉、复审中终于保住了生命，然后写了这么几句诗：

梦幻人生
发生一个无言的故事
我相信了它
在日与夜的交界处埋伏
只等我失足

女犯在监狱里写诗，可见心情不错，而那几个男人则早已出狱。但我还是忍不住，仍然想谈谈那种男人。

如果没有发生上述恶性案件，那种男人看上去并不讨厌。而且似乎有一种趋势，这样的男人正在多起来。

他们总的说来都长得英俊、潇洒，有一种城市化的风度翩翩。读书成绩不错，聪明，谈吐举止有点儿品位，讲究细节。他们不是一见女孩子就狂轰滥炸、死缠硬磨的那一类人。恰恰相反，他们一开始表现出来的是一种爱理不理、懒洋洋的神态，这反而会引起女孩子们的加倍注意。而且，不少女孩子把他们与"白马王子"这几个可笑的字连起来了。

他们从小受到溺爱，被种种方便所惯坏，至今还在生活上时时需要被照顾。他们善于申诉，使每个女孩子听了一阵之后很容易产生一个姐姐对一个弟弟的怜惜之情，尽管她们的年岁不比他们大。他们在业务上一般不错，甚至还比较出色，这给了女孩子们一种安全感，期望他们今后有良好的前途。他们不讳避自己的一般缺点，如懒惰、任性之类，这又使女孩子们觉得诚实，而且更容易亲近。

如果仅仅是上述特征，还属于正常范畴，但这样的男人还有一个致命的毛病，那就是吹。

他们的吹，有一套大同小异的公式。总是平静地睥睨天下，淡淡地鄙夷名人。然后，明确暗示自己已达到的水平，以及在将来三年（不会一年，也不会五年，只会三年）内必然会取得的成果。这种成果，很少不与国际相连。接下来，一定会提到"怀才不遇"。一半是因为年纪太轻，一半是因为环境不好，只得暂时受压，难于施展。说到这一部分时比较具体，有一些令人气愤的情节。最后，顺便倾诉自己遇到的最大麻烦——追求自己的女孩子太多，而自己则要求太高，因此很难处理。说到此处，他们的语气诚恳而含蓄，又频频摇头，轻轻叹息，很让人同情。

听了这番话，半数女孩子会礼貌地离开，但也有半数女孩子被黏着了。眼前跳动的希望加上自己内心的虚荣，使她们快速地投身到这种话语系统。至此，吹，成了男女双方需要共同承担的事情。

当然，随之发生的情况，并没有验证所吹的一切。唯一的弥补方法，是更加信心十足地吹下去。而且，年轻人生活丰富，要撷取一点儿零碎证据并不困难。

即将到北京参加重要会议啦，敢于与某名人进行学术论争啦，名字已经进入某个关键人物的玻璃台板底下啦，全中国进入同一领域的包括他只有十个人啦，如此等等。

此时的吹，已升格为骗。

在这一过程中，又有一些女孩子迷途知返。只有最老实又略带一点儿精神偏执的女孩子，死心塌地，继续追随。

为此，我作为老师一辈，实在忍不住要对着这些可怜的女孩子骂上几句——

这样的男人因你们而存在。他们在你们面前作狡作态，作威作福，但说到底，他们是你们培养的。因你们的天真，因你们的虚荣，因你们的善良，因你们的愚昧。

据说，我在法律杂志上的谈话和这篇文章发表后，在法律界产生不小的影响，甚至促使了对那三个女孩子的改判。

我现在抄录这篇文章，已经不想谈法律，不想谈性别，不想谈上海，也不想谈男女青年的恋爱，只想谈其中所渗透的"伪君子"因素。我当时因为仍然秉持着教师的立场，还是把事情看轻了。其实，那几个男人，就是"风度伪君子"的典型。

"风度伪君子"的劣迹，并不仅仅表现在恋爱上面。

我们现在见到的"风度伪君子"，从浅里说，不管什么年龄，大多有整齐的衣着，妥帖的发型，浑厚的嗓音，谦恭的举止。从深里说，他们会经常美言对手，调侃自己，承担责任，笑脸相迎，全是君子做派。但是，终于有一天被发现，他们是诽谤事件的推手，落井下石的小人，以及大大小小很多纠葛的起点，上上下下大量流言的源头。

当然，未被发现的更多，发现了未被追究的更多。

与其他"伪君子"相比，"风度伪君子"一旦被揭穿，特别能让人产生一种感官上的厌恶。但是，厌恶归厌恶，我们不能由此排斥风度。这就像，不能因为"文化伪君子"的存在而排斥文化，不能因为"道义伪君子"的存在而排斥道义。

君子的风度仍然至关重要，但必须由一系列"君子之道"自然生发出来，由深厚的道德人格逐渐外化而来。生发和外化，也可以有各种个性化的设计。设计得过分一点儿也不要紧，这儿正用得上"君子和而不同"这句话。

过分不是伪，不同不是伪。当很多真正的君子都展现得更有风度，打扮得更加漂亮，那些风度之伪也就减少了招摇的空间。

六、无奈之伪

我在研究过程中发现，在各种"伪君子"中，还有一种类型，名声很臭，后果很坏，但究其实，个人动机并非巨恶。这就特别需要拿出来说一说。倒不是为他们开脱，而是借这样的事例提醒君子，一个原先不坏的人，容易在何处涉伪。

很可能从一个心理缺口出发，步步走向虚假，难于后退；也可能从一个精神弱点开始，渐渐戴上"伪"帽，不得解脱。

很多年前读到有关江西一个假科学家的报道，就觉得那个已经臭名昭著的当事人，多半不是恶人。他在案发期间算得上"伪君子"了，但成色只有七成。

仍然是因为找到了我的另一篇旧文《膨胀的雪球》，因此，仍然不妨抄录。

本文要讲的事件发生在江西某地，一个简陋小厂的热处理班长，成了"诺贝尔奖的候选人"！消息刊于报纸，人们虽然兴奋却没有太大的惊讶，因为这位热处理班长早已是位"科技明星"，曾受中国科学院邀请参加在美国召开的国际材料学术会议，在会上舌战外国专家、荣获金质奖章、拒绝高薪聘请。这一些都在报刊和演讲会上宣传过，而且他确实也已因此而荣升为市科委副主任和政协委员。

一天，一位技术人员在市总工会门口的宣传栏前停步观看这位科技明星的先进事迹展览，看见照片上获国际材料学术会议金质奖的那篇论文的英文标题虽然很小却还能辨认，定睛一看不禁大吃一惊，居然是：Nanhai county: the road towards prosperity，一个有关我国南海地区发展的报道，由此提出了质疑。凡假事只要遭到任何一个细节的质疑，就好像冰河裂开了第一道口子，接下去再也无法收拾了。经层层调查，最后的结果是，一切全是假的，于是，"科技明星"所任职务也随之全部撤销，他立即成为新闻媒体的众矢之的。

骂他骗子已经没有太大意思，这件事值得玩味的是一个巨大谎言的构建过程。

我注意到，最要命的就是那个起点。那年，此人由于没有文凭不能参加职称考核，得知只要有像样的论文就可以破格，一气之下便谎称自己的论文将在国际会议上宣读，还说有中国科学院的通知。这是一个有点儿玩笑性质的谎言，但一旦开头就收不住了——

既然将在国际会议上宣读，这个国际会议仿佛应该在美国开，他就必须到美国去了。尽管他只是掩人耳目地到了兰州几天，但既然说是去了美国，总要让论文得个奖吧。既然得奖干脆就得个金奖，好在祖母临死时留下了一个小金片。这终究有很多的漏洞，于是又不得不赶紧伪造一些中国教授联名推荐他的书信。推荐的目标当然高一点儿好，于是便扯到了"德国的"诺贝尔奖……

我在读这个事件的报道时，居然也一步步为这位当事人着急，而且越到后来越着急，生怕他出现漏洞。这种情景，就像早年看电影《豺狼的日子》。电影里，一个秘密军成员试图谋杀戴高乐将军，我们当然不会赞成这种谋杀。但是，随着电影情节的展开，故事情景的逼近，我们的立场渐渐产生挪移，最后竟为杀手担惊受怕，替他捏一把汗，直到他最后在关键时刻被捕，还在心中惋惜不迭。这种过程，其实是被电影艺术家"蛊惑"之后的"中邪"，完全进入了对方的行为逻辑，只得步步向前走。

如果这位技工最早的吹嘘一开始就受到怀疑，受到询问，那么，后来什么事也不会有。但是，他受到的是人们大喜过望的称赞。需要，而且是迫切的社会需要，集中成一种热切的眼光和信任，把他包围起来了。

领导的接见，记者的采访，报纸的传扬，已经使他有口难辩。他或许也曾低声解释，周围的人全认为这是成功者的谦虚。"什么，他居然说自己什么也不是？"记者们深深地感动了，称赞他是"大音希声"。

问题还不仅仅是领导和记者。他的家人，含辛茹苦地盼望了他那么多年，此刻终于有了一点儿宽慰的笑脸。他的同学，都不太成功，现在都在为有他这么一个同窗而高兴……他用一句假话点燃了一种广泛的社会需要，烈火已燃遍四周，他已无力扑灭了。

剩下能做的事情，是一条黑道走到底。明知会被揭穿，且让这种事情发生得晚一点儿。这是一个怯弱者的选择，而不是像报道所写的那样，属于"胆大妄为"。

他凭着极有限的知识，想象着一个科技成功者可能遇到的事情，然后笨拙地一一效仿。一效仿就出现了漏洞，他只得立即想出新的谎言去堵漏。新谎言的漏洞更大，于是再去编造更新的谎言……这简直是一种没有丝毫喘息机会的苦役，就像驮着越来越重的石块在攀缘峭壁悬崖。

这里出现了一个谎言的膨胀公式：谎言只能在滚动中完成自己的"圆满"。但是越滚动，它的着力面就越大，体积膨胀也越快，膨胀了的体积需要有更大的体积来覆盖表面。因此，必然以几何级数疯狂扩张。这一切，就像是在滚雪球。

特定的社会需要，是谎言滚动的"势"，是扩充体积的积雪，是顺坡下溜的速度。

我仔细地分析了这个事件的始末，发现谎言构建起来之后，这个人没有乘机做什么坏事，谋什么财物。相反，倒是为补漏，花费了不少冤枉钱。他的经济状况，一直很差。直到谎言揭穿，他仍然生活在贫寒之中。

揭穿之后很多报刊抨击他，嘲笑他，但我认为这些报刊不应如此轻松。当年一有风声就把他推上危险高坡的，还不是报刊？报刊对他，应有巨大的亏欠。

我想，天底下最劳累的事情之一，就是编造谎言、补圆谎言。因此谎言揭穿，对他们是一种解脱。从报道看，江西这位当事人终于败露的时候，他正在外地，当地领导紧急传唤他回来。

在一间会议室，他刚进门，领导就问了一句："你到过美国吗？"他连停顿也没有，立即急不可待地说："假的，我全是假的！"然后和盘托出。

他深深地吐了一口气，全身放松地坐了一会儿，终于慢慢地站立起来。

我猜，他当时心中想的一定是：好了，这次可怕的"热处理"，总算完工了。

街道已经不是昨日的模样，他摇摇晃晃，回家了。

看得出来，我对这一事件的关注重点，不在那个技工，而在一个谎言的膨胀过程。膨胀过程隐含着几重普遍逻辑，在现实生活中处处出现。

可以说，每一个"伪君子"都经历过类似滚雪球的过程。雪球越滚越大，开始是他们在玩雪球，后来是雪球在玩他们。当他们卑微的身影再也控制不住那一个个庞大无比的雪球，当滚动的山势和坡度完全无法改变，他们也就被雪球碾扁了。或者说得诗意一点儿，他们一一变成了雪人，与雪球混成一体。一眼望去，再也见不到一个活生生的人，只剩得一片惨白，天寒地冻。

我在研究了这一"雪球效应"之后，对自己曾经面对过的所有说谎者、造谣者、诽谤者、诬陷者和各色各样以虚假之身投入长期扮演的"伪君子"，产生了深深的怜悯。

我以前一直奇怪，这些人平常胆子很小，也不浪漫，更缺少想象力，怎么会把一个个谣言闹腾得这么庞大、这么陡峭？现在知道，那早已是雪球的自然滚动和自然膨胀，他们自己也已经目瞪口呆。

我曾经百思不解，这么大的一个个谣言一戳即破，一踢就碎，却又挂着他们的名字，他们不害怕吗？为什么不赶紧把自己的名字删去？现在终于明白，就像江西那个技工一样，他们已被雪球绑架，被他们原想玩弄的"舆情"绑架，退不下去了。这就难怪，很多骗子在被扣上手铐的那一刻轻轻一笑，他们终于解脱，松了一口气。

原来，他们也有无奈的成分。甚至是，三分故意，七分无奈。或者说，三分主动，七分被动。或者说，三分可恨，七分可悯。

发现了这一点，我就转换成了一种居高临下的同情心态。对于那种重大诽谤、弥天大谎，只要是针对我个人而不涉及他人的，便绝不反驳，只是安静地跟踪着它的膨胀过程。一步步猜测，一步步预计，还要暗暗为它设想方案，经常为它的失策失智而扼腕叹息。如果发现有些伪造的细节比较精彩，则点头赞许，悄悄鼓掌。

很久以前，我在上海戏剧学院曾经主持过编剧训练课程。每天让学生们围坐在一起，互相倾听着一个个虚构故事的大胆推进、奇异扩充、惊心转折、意外收尾。学生们尖锐互评，气氛热闹。最后，由我进行总结评论，并且打分。

因此，我的分布在天南海北的学生都知道，作为他们老师的我，绝对看不上报刊网络上那些谣言的虚构水平。不要说我，连他们也不屑一评。就像江西那位技工，虚构等级实在太低，几乎每一个环节都不能进入我们的评析范围。我只是为了写文章论述"雪球效应"，才顺手拿来作为例子。

在论述了那么多"伪君子"之后，我竟然拉出了编剧训练课程，并不是一种幽默。天下一切"伪君子"都在演戏，可惜他们绝大多数缺少编剧功力。我很想让他们明白这一点，但他们总是自作聪明。我不想从道德上呵斥他们，只想从技术上嘲谑他们，但他们似乎又很难听懂。

因此我只得对"伪君子"们做一番诚恳的规劝：人生在世，不要玩弄小聪明。世上多的是智者慧眼，你们的种种作态，很容易被看破。只是由于那些套路过于低陋，他们不愿理会，任你们笨拙地玩下去。等到玩过火了，他们也不想转身，只是听着警车警笛的声音响起，微微一笑而已。

千万不要对自己的智商有过高的判定。大愚若智，大智若愚。世上真正的高人单纯得像个婴儿。天道无欺，大成无伪，自古以来一切巨匠胜业都直白坦然。

人生不易又至易。只要洗涤诈念，鄙弃谋术，填平阴沟，拆去暗道，明亮苍穹下的诚实岁月，才是一种无邪的享受。

君子之狱

一、为自己减刑

我经常收到各地读者的来信，多数是谈读书体会的。多少年下来，做了一个统计，来信中谈得最多的，竟然是那篇又短又不著名的《为自己减刑》。发信最多的地方，竟然是监狱。

那篇文章，讲述了已在《谢家门孔》中提过的一件事：我曾写纸条劝说一位被关进监狱的官员，在里边把外语学好。几年后他刑满释放，第一个电话就打给我，说他在监狱里完成了一部重要书籍的翻译。他在电话里的声音，兴高采烈。

不久我见到了他。他穿着牛仔服，挎着照相机，步履轻捷灵敏，看上去比进监狱前年轻了很多。

我想，虽然司法没有给他减刑，他却为自己减了刑，减得所剩无几。

这让我想起了茨威格的小说《象棋的故事》。一个被囚禁的人无所事事，度日如年，偶尔获得一本棋谱后，日子过得飞快。茨威格所写的棋谱，具有广泛的象征意义。这种"棋谱"让人摆脱世俗的时空，进入到一个自设的赛场。

其实，天下种种专业，百般嗜好，都能让人专注投入，紧张求索，忘却周遭，也都是大大小小的"棋谱"。

那位在监狱里学了几年外语的前任官员，外语成了他的"棋谱"。这让他几乎"脱离"了所处的环境，看到的只是一步步战机。于是，自己也就成了将军。

但是，监狱里毕竟容易产生一次次切实的心理痛苦。能够拔离痛苦自任将军，也是一种精神素养。因此我当面表扬那位前任官员："你能做到这样，别的犯人做不到，还是因为你原来的内心格局比较宏大。"

那位前任官员一笑，说："有可能比原来更加宏大。"

"比原来更加宏大？"我有点儿好奇。

"原来的格局，虽然不小，但还是受着职务、权力、人际关系的重重束缚。进了监狱，这些束缚全都没有了，反而可以想一些人生的根本问题，想一想凶吉祸福、是非善恶、轻重虚实，产生了一种被剥除后的宏大。"他说。

他这番话，实在说得很好。不错，只要换一个方位观察就能发现，日常生活中也有很多无形的"高墙"和"铁窗"，因此也可以称之为"另类监狱"。不必说这位前任官员提到的"职务、权力、人际关系"了,即便是官僚体系之外的普通民众,也整天为小小的名利而折腾得精疲力尽,所以中国古语中有"名缰利锁"这种说法,完全把名利看作了捆押罪犯的缰绳和锁链。只不过,这种"罪犯"是自任、自判、自惩、自押的,明明做了"罪犯"还在街市间扬扬得意。

这位前任官员还把自己所获得的健康心态,传播给了其他监友。常有一些官员犯事入监后哭哭啼啼,捶胸顿足,他就轻轻地站到了他们面前。终于,哭声变成了惊口叫:"部长,你……?"

"要算官职,我在外面比你大得多吧?我都那么平静,你还闹腾什么!"

这样的劝说,效果当然很好。

后来,监狱管理部门只要遇到那些过度抑郁的犯人,就会请这位前任官员出来"做思想工作"。

据他自己说,他在里面的一番番开导,比原来在礼堂里给上千人做报告,水平高多了,效果也好多了。

这我相信。

二、狱外之狱

我那篇《为自己减刑》的文章，主要分析了"监狱外的监狱"。这是因为，我当时对读者的设定是在监狱之外。

对于"监狱外的监狱"，除了前面所说的"名缰利锁"外，还有很多形态。因此，我要抄录那篇文章里的诸多分析——

真正进监狱的人毕竟不多，但是我们经常看到，很多人明明没有进监狱却把自己关在"心造的监狱"里。

昨天我在公共汽车上见到一位年轻的售票员，一眼就可以看出他非常不喜欢这个职业。懒洋洋地招呼，爱理不理地售票，时不时抬手看着手表，然后满目无聊地看着窗外。我想，这辆公共汽车就是他的监狱，他却不知刑期多久。其实他何不转身把售票当作"棋谱"呢，满心欢喜地让自己投身进去，再释放出来。

对有的人来说，一个仇人也是一座监狱。仇人的一举一动都成了层层铁窗，天天为之而郁闷愤恨、担惊受怕。有人干脆扩而大之，把自己的嫉妒对象也当作了监狱，人家的每项成果都成了自己无法忍受的刑罚，白天黑夜独自煎熬。

那天晚上，他读了一篇同行的文章，狂嫉不已，彻夜失眠。于是，那夜的卧室，就成了监房，而且是芒刺满床的虐囚监房。

听说过去英国人在印度农村抓窃贼时方法十分简单，抓到一个窃贼便在地上画一个圈让他待在里边。抓够了数字，便把他们一个个从圆圈里拉出来排队押走。这真对得上"画地为牢"这个中国成语了，原来，这个成语概括了一种普遍的负面生态。我确实相信，世界上最恐怖的监狱并没有铁窗和围墙。太多的人，都自愿地充当了印度农村的窃贼。而且，那些圈不是英国人画的，全是他们自己画的。

人类的智慧可以在不自由中寻找自由，也可以在自由中设置不自由。环顾四周多少匆忙的行人，眉眼带着一座座监狱在奔走。

舒一舒眉，为自己减刑吧。除了自己，还有谁能让你恢复自由？

三、天命相连

说完了"监狱外的监狱"，我要回过头去，再与监狱里的朋友们好好聊聊。

我不想训诫，也不想安慰，更不想具体辨析案情。这些事，早就有很多人为你们做了，而你们各自的情况也很不相同。我只想从"大历史"、"大文化"的背景上，谈谈监狱这件事。也许，能帮助你们获得较高层次的文化慰藉。

人类走出原始丛林，摆脱动物生态，有一系列关键步伐。例如，发明工具，开始种植，下树居住，学会用火，等等。但是，其中最重要的，是建立秩序。建立秩序的主要办法，是自我惩罚。

人类，因懂得了自我惩罚而走向了文明。法制，就是这种文明的必然果实。

读过我的《行者无疆》吗？我在那本书里写道，横行不羁的北欧海盗为了互相之间的利益冲突而设定了最粗糙的裁决方式。这种裁决的效果，就看惩罚的力度。于是我们看到了，几百年后的今天，北欧终于成了世界上最讲究文明秩序的地区。

因此，只要有人类，就需要有法制。但是，由于人类生态的复杂性、多变性、冲突性、实用性，即使在法制中，也很难公平。法制上的完全公平，永远是一个理想。再好的法制，也只是一种向往公平的努力。

在这个问题上，有一件大事曾经深深刺激了我。第二次世界大战结束后，远东国际军事法庭在东京审判二十余名日本战犯，法官十一名，由中国、英国、美国、苏联、法国、澳大利亚、荷兰、加拿大、新加坡、印度、菲律宾这十一个国家各派一名著名法官组成。照理，那些战犯罪行累累，血债如海，证据如山，举世公愤，而且已经彻底失败，应该不难判决。没想到，在那十一名国际法官间还是阻难重重。投票一再陷于危局，使中国籍的法官几乎要以投海自尽来表达民族的仇冤。后来的判决，票数也很不理想。你看，如此明确的战争结论，如此齐全的法官队伍，居然对滔天大罪还有错判的可能，那么反过来，世上有多少无罪的案子，被错判成有罪？

以我对历史的了解，不能不指出，即便是真正的盛世，也会有大量冤案；即便是最好的法官，也会有很多错判；即便是一时无冤无错，等到事过境迁，又会发生想象不到的变化。

正是由此，构成了亦恒亦变、亦正亦误、亦明亦暗的"监狱文化"。我这里所说的"监狱文化"比较大，并不是指犯人们的文艺活动。

毫无疑问，犯人未必是坏人、恶人、小人。儒家哲学认为："君子小人本无常，行善事则为君子，行恶事则为小人。"（《贞观政要》）按照这种哲学，即便是监狱里的犯人，也随时随地可以成为君子。这就像，处于官场高位的政要，随时随地可以成为小人。

166

历史上，很多君子都有监狱履历。

且不说那些大臣、将军，只说文化人吧。我在《中国文脉》、《北大授课》等书中写到的那些伟大生命，大半与监狱脱不了干系。

例如司马迁之狱。他在监狱里承受了毁灭人格尊严的酷刑，悲痛欲绝。但正是在这种情况下，他咬着牙齿活了下来，成了奠定千年历史格局的开山之祖，使后代中国永远受惠于历史理性而生生不息。

值得注意的是，他的冤狱，并非出自于恶世昏君，而是由伟大汉代的伟大君主汉武帝一手造成。他出狱后，汉武帝又提拔了他。因此我曾论述，这是两种"伟大"的爱恨相遇。他们两个，缺了谁，都少了那个时代的一大截光辉。

我又写到过嵇康之狱。这是一宗冤案，但嵇康入狱和赴死的过程，都表现得非常漂亮，已被历史永远铭记。那个时代，极其混乱，又极其美丽。嵇康之狱，既充分地展示了它的混乱，又精彩地展示了它的美丽。

我还写到过李白之狱和杜甫之狱。这两座中国诗歌的至高双星，都曾经在监狱里痛苦煎熬。李白是在参加平定"安史之乱"的壮举中不小心卷入了朝廷内部的矛盾，而他却浑然不知。因为是名人，被广大草民自然嫉恨，入狱后曾经发生过"世人皆欲杀"的可怕"舆情"。他侥幸出狱后,只活了四年。杜甫好一点儿,曾被叛军羁押在长安很久,后来冒险逃离,但不久又在朝廷纷争中蒙冤,与死狱擦肩。

令人钦佩的是,诗人的自由可以被剥夺,但无人能剥夺他们的创作权利。人人会背的"朝辞白帝彩云间",就是李白在获赦脱狱后的第一时间写的。杜甫的"国破山河在,城春草木深"、"香雾云鬟湿,清辉玉臂寒"等顶级诗句,都写于羁押之时。

我还心怀激动地写到过颜真卿之狱。这位大书法家是在七十四岁高龄时主动请命赴叛将之狱的,目的是想最后一次劝诫叛将。结果正如他自己早就预料的,关押在一个庙里,两年后被缢死。

我说过,这是唐代历史上,也是整个中国历史上最值得敬仰的"文化老英雄"。

我对苏东坡之狱的记述,读过的人很多。这位特别可爱的诗人从逮捕、押解、半途自杀、狱中被打、狱卒同情、狱友诗记,直至他违心认罪,我都做过详细描写。但是,我最重视的是,正是他面对这种种屈辱,明白了自己前半辈子投身官场功名的谬误。他脱胎换骨,孤独地与天地、历史、内心对话,终于成了百代伟人。这真可谓:一场灾祸,造就东坡。

当然,我也写到过文天祥之狱。他是改朝换代期间的重要政治人物，入得狱内，既有忽必烈劝狱，又有民间试图劫狱，一切都惊心动魄。但是，我看上的，是他作为一个末世高官的高尚文化人格。在他内心中，监狱，是成就仁义的最好平台。

总之，当我梳理完中国文脉，就看到浩荡脉络的顶峰英杰，很多都与铁窗风景有过往还。这真说得上巨笔同运，天命相连。

监狱的扩大形式，就是流放。一提到流放那就更多了，从屈原开始，联想到海南五公，联想到东北宁古塔……辽阔无垠的大监狱，困厄着不可计算的大人才。历史的魂魄似乎要在那里流逸不存了，却又在那里陶冶、游荡、扩散。

四、换一种气

监狱，是君子人格的筛选场，贮存地，淬炼处。

对此，刚才提到的文天祥，留下了一份重要的纪实资料。他详细地描述了当时燕京"土室"监狱的真实状态，那实在不是一般人所能居住的地方。但是，文天祥不仅以孱弱之身住了下来，而且一住两年，居然无病无恙。这是为什么？文天祥说，这是正气使然。一股来自天地山河的正气，经由古往今来大量仁人志士的加持，流泻到了自己身上。

且抄录一段他对囚室的描述：

予囚北庭，坐一土室。室广八尺，深可四寻。单
扉低小，白间短窄，污下而幽暗。当此夏日，诸气萃然。
雨潦四集，浮动床几，时则为水气；涂泥半朝，蒸沤
历澜，时则为土气；乍晴暴热，风道四塞，时则为日气；
檐阴薪爨，助长炎虐，时则为火气；仓腐寄顿，陈陈
逼人，时则为米气；骈肩杂沓，腥臊汗垢，时则为人
气；或圊溷、或毁尸、或腐鼠，恶气杂出，时则为秽气。
叠是数气，当之者鲜不为厉。而予以孱弱，俯仰其间，
于兹二年矣，幸而无恙，是殆有养致然。

有了这么一段环境纪实，千古《正气歌》也就可以请出来
了。谁能想象，就在这么恶劣的环境中，出现了如此浩荡开阔
的胸怀：

天地有正气，杂然赋流形。下则为河岳，上则为
日星。于人曰浩然，沛乎塞苍冥。皇路当清夷，含和
吐明庭。时穷节乃见，一一垂丹青。

……

顾此耿耿在，仰视浮云白。悠悠我心悲，苍天曷

有极。哲人日已远，典型在夙昔。风檐展书读，古道

照颜色。

——《正气歌》

中间省略的一大段，正是中国历史上最让人感动的壮士群像。当他们被监狱中的文天祥一一吟颂，监狱也就成了圣贤殿、忠烈祠。在这个意义上，《正气歌》也就是监狱之歌、羁押之歌。至正至浊、至尊至卑、至伟至窄，早就互相对峙，在此狭路相逢。正是在它们的冲撞激荡间，堂堂君子巍然屹立。

借着文天祥，我想对今天监狱里的很多气愤者讲几句话。你们可能确有冤情，该上诉的还应该上诉；但是，总的说来，不要把"气"郁积在具体的案情上，更不要把"气"投注在今后的报复上。要说"气"，文天祥的"气"应该更大吧？堂堂丞相，君昏政衰，国恨家仇，又囚虐如此，还不天天气愤怒斥、摧肝裂胆？但他没有。他把一腔怒气、怨气，全都化作了天地正气，平缓浩荡，烟水万里，势不可当。

可见，同样是"气"，质地一变，境界就截然不同。"气"的质地，我们也就称之为"气质"。何不，换一种"气"？

当天地之气引入心中，那么，所在监狱也真的变成了"君

子之狱"。

想想文天祥，就再也不要为这个"狱"字烦闷了。为此，我很想为这个"狱"字做一个文字游戏，用几个同音字来阐释它，替代它。

那么——

"君子之狱"也就是"君子之越"，一种心理超越；

"君子之狱"也就是"君子之跃"，一种人格飞跃；

"君子之狱"也就是"君子之乐"，一种灵修音乐；

"君子之狱"也就是"君子之岳"，一种精神山岳。

五、双向平静

君子之狱的淬炼成果，可以在离开监狱时充分体现。

在我的经验中，除了文本开头提到的那位前任官员外，还有很多对比性的例证。

我在"文革"结束不久就担任了一所高校的领导，又在其他几所高校兼课。当时，有很多在历次政治运动中受难的教师获得平反，回到教育岗位。他们有的曾被囚禁，更多的是在边远地区"劳改"，其实也是另一种囚禁，回来时都已两鬓染霜，都是我的文化长辈。但奇怪的是，他们中有的人能立即开课，广受好评；有的人却萎靡不振，再难工作。其实这两种人，年龄和健康都差不多。

经过仔细询问，我发现，萎靡不振的那些人，几十年来总是在申诉，总是在检讨，总是在生气，总是在自怨。而能够立即开课的那些人则完全不同，不管关押何地，身边总带一部经得起久啃又不犯忌的书，例如《周易》、《楚辞》和康德、罗素的著作之类。知道申诉和检讨没用，因此自己绝不主动去做，反而喜欢学一门比较复杂的技巧活，或学一种少数民族语言。他们绕开了那个恼人的原点，把身心放到了"别处"，放到了"大处"，反而获得安顿。安顿的人生，不会萎靡。

新加坡的首席戏剧家郭宝昆先生是我的好友。他在几十年前因为参加左派政治运动被逮捕，囚禁了很多年。他后来告诉我，自己在监狱中把《莎士比亚全集》英文版啃得烂熟。当时只是为了安神，为了静心，当然，也因为被莎士比亚的巨大魅力所吸引。几年后他出狱，从事戏剧活动得心应手，很快又获得了国家颁发的"总统文化奖"。

使我感兴趣的是，囚禁他和奖励他的，是同一个政府，连领导人也没有换过。颁奖时，政府并没有觉得当初囚禁错了。颁奖电视直播，还把他囚禁的照片一一插播出来。对此，郭宝昆先生也很高兴，可谓"罪我奖我，全都接受"。结果，不管是他自己书写的生平，还是官方发布的生平，都无褒无贬、无怨无气，平静地记录着他的囚禁经历。

我觉得，在郭宝昆之狱上，郭先生和新加坡政府，都很"君子"。

这种双向平静，也许是比较正常的法制生活。

近几年，在中国，一些过去很难想象的事情也逐渐多起来了。例如，我在一座城市遇到一个名字很熟悉的老人，他在监狱里读过我的不少书，也看过我的电视演讲，便主动与我打招呼。他以前从来没有见过我，却不担心我很可能给予的冷眼。可见，他的心理比较放松。

我问他，现在不少市民还认识他，交谈起来，主要说什么。

他说，市民主要是在缅怀，十几年前他掌权时，不堵车。

"那你怎么回答？"我问。

"回答两点。第一，当时还穷，买车的人少；第二，现在堵车，也是当时没规划好。"他说。

我点头。他的回答很好，心态更好。

我们握过手，老人又背着一个照相机，在街道间东张西望、摇摇摆摆地闲逛起来。

我看着他的背影，有点儿高兴。为他，为那些市民，为一种双向平静。

不错，他刚从监狱出来。但监狱并不是正常社会之外的一个孤岛，而是正常社会的一部分。老人很正常，或者说，从不太正常变得正常了。那么我们，也应该从不太正常变得正常。

由此想到，国际上很多杰出的艺术作品，都与监狱有关，并在这一题材上呈现了独特的精神高度和美学高度。相比之下，我们的作品一涉及监狱，总是着眼于惩罚和谴责，这就浅薄了，也可惜了。

希望有更多的大艺术家把锐利而温和的目光投向监狱。艺术家的目光与法学家不同，在他们看来，那并不仅仅是罪和非罪的界线所在，而是人性的敏感地带、边缘地带、极端地带，也是人性的珍稀地带、集聚地带、淬炼地带。

君子未必是艺术家，却迟早能领略艺术家的目光。

——这是我对"君子之狱"的最后一解。

六、大地小人

1

中华大地和中华文化本该更加敞亮爽利，本该有更多万人景仰的圣哲、更多光耀千秋的杰作，然而，事情一直不是这样，因为有密密麻麻的一群特殊人物悄悄地掌控了不小的局面。

我们居然常常把他们忽略了、遗忘了。

这群人物不是英雄豪杰，也未必是元凶巨恶，他们的社会地位可能极低，也可能很高；就文化程度论，他们可能是文盲，也可能是学者；很难说他们是好人坏人，但由于他们的存在，许多鲜明的历史形象渐渐变得瘫软、迷顿、暴躁，许多简单的历史事件一一变得混沌、暧昧、肮脏，许多祥和的人际关系慢慢变得紧张、尴尬、凶险，许多响亮的历史命题逐个变得黯淡、紊乱、荒唐。

他们起到了如此巨大的作用，但他们并没有明确的政治主张，他们的全部所作所为并没有留下清楚的行为印记，他们绝不想对什么负责，而且确实也无法让他们负责。他们是一团驱之不散又不见痕迹的腐浊之气，他们是一堆飘忽不定的声音和眉眼。

你终于愤怒了，聚集起万钧雷霆准备轰击，没想到这些声音和眉眼也与你一起愤怒，你突然失去了轰击的对象；你想不予理会，掉过头去，但这股腐浊气却又袅袅地不绝如缕。

我相信，历史上许多钢铸铁浇般的政治家、军事家最终悲怆辞世的时候，最痛恨的不是自己明确的政敌和对手，而是曾经给过自己很多腻耳的佳言和突变的脸色，最终还说不清究竟是敌人还是朋友的那些人物。

处于弥留之际的政治家和军事家颤动着嘴唇艰难地吐出一个词："小人……"

——不错，小人。这便是我这篇文章要写的主角。

孔子在倡导君子之道的时候，一直把小人当作君子的对立面，让小人从反面来说明君子。因此，我们想做一个真正的君子，就不能不系统地考察小人。

小人是什么？如果说得清定义，他们也就没有那么可恶了。小人是一种很难定位和把握的存在，约略能说的只是，这个"小"既不是指年龄，也不是指地位，小人与小人物是两码事。

在一本书上看到欧洲的一则往事。数百年来一直亲如一家的一个和睦村庄，突然产生了邻里关系的无穷麻烦，本来一见面都要真诚地道一声"早安"的村民们现在都怒目相向。没过多久，几乎家家户户都成了仇敌，挑衅、殴斗、报复、诅咒天天充斥其间，大家都在想方设法准备逃离这个恐怖的深渊。

可能是教堂的神甫产生了疑惑吧，他花了很多精力调查缘由，终于真相大白：原来不久前刚搬到村子里来的一位巡警的妻子是个爱搬弄是非的长舌妇，全部恶果都来自她不负责任的窃窃私语。村民知道上了当，不再理这个女人，她后来很快搬走了。

但是万万没有想到，村民间的和睦关系再也无法修复。解除了一些误会，澄清了一些谣言，表层关系不再紧张，然而从此以后，人们的笑脸不再自然，即便在礼貌的言辞背后也有一双看不见的疑虑眼睛在晃动。大家很少往来，一到夜间早早地关起门来，谁也不理谁。

　　我读到这个材料时，事情已过去了几十年。作者写道，直到今天，这个村庄的人际关系还是又僵又涩、不冷不热。

　　对那个窃窃私语的女人，村民们已经忘记了她讲的具体话语，甚至忘记她的容貌和名字。说她是坏人吧，看重了她，但她实实在在地播下了永远也清除不净的罪恶的种子；说她是故意的吧，那也强化了她，她对这个村庄未必有什么争夺某种权力的企图；说她仅仅是言辞失当吧，那又过于宽恕了她，她做这些坏事带有一种近乎本能的冲动。对于这样的女人，我们所能给予的还是那个词：小人。

　　小人的生存状态和社会后果由此可见一斑。

　　这件欧洲往事因为有前前后后的鲜明对比，有那位神甫的艰苦调查，居然还能寻找到一种答案。然而谁都明白，这在"小人事件"中属于罕例，绝大多数"小人事件"是找不到这样一位神甫、这么一种答案的。我们只要稍稍闭目，想想古往今来、远近左右，有多少大大小小、有形无形的"村落"被小人糟蹋了而找不到事情的首尾？

由此不能不由衷地佩服起孔老夫子和其他先秦哲学家来了，他们那么早就浓浓地划出了"君子"和"小人"的界线。诚然，这两个概念有点儿模糊，相互间的内涵和外延都有很大的弹性，但后世大量新创立的社会范畴都未能完全地取代这种古典划分。

孔夫子提供这个划分是为了弘扬君子、提防小人，但是，后来人们常常为了空洞的目标和眼前的实利淡化这个划分，于是，我们长久地放弃这个划分之后，小人就像失去监视的盗贼、冲决堤岸的洪水，汹涌泛滥。

结果，不愿多说小人的中国历史，小人的阴影反而越来越浓。他们组成了道口路边上密密层层的许多暗角，使得本来就已经十分艰难的民族步履在那里趔趄、错乱，甚至回头转向，或拖地不起，即便是智慧的光亮、勇士的血性，对这些霉苔斑斑的角落也无可奈何。

2

然而，真正伟大的历史学家是不会放过小人的。司马迁在撰写《史记》的时候就发现了这个历史症结，于是在他冷静的叙述中时时迸发出一种激愤。

例如，司马迁写过发生在公元前五二七年的一件事。那年，楚平王要为自己的儿子娶一门媳妇，选中的姑娘在秦国，于是就派出一名叫费无忌的大夫前去迎娶，费无忌看到姑娘长得极其漂亮，眼睛一转，就开始在半道上动脑筋了。

——我想在这里稍稍打断，与读者一起猜测一下他动的是什么脑筋，这会有助于我们理解小人的行为特征。

看到姑娘漂亮，估计会在太子那里得宠，于是一路上百般奉承，以求留下个好印象——这种脑筋虽不高尚却也不邪恶，属于寻常世俗心态，不足为奇，算不上我们所说的小人；看到姑娘漂亮，想入非非，企图有所沾染，暗结某种私情——这种脑筋竟敢把一国的太子当作情敌，简直胆大妄为。但如果付诸实施，倒也算是人生的大手笔，为了情欲无视生命，即便荒唐也不是小人作为。

费无忌动的脑筋完全不同，他认为如此漂亮的姑娘应该献给正当权的楚平王。

尽管太子娶亲的事已经国人皆知，尽管迎娶的车队已经逼近国都，尽管楚宫里的仪式已经准备妥当，费无忌还是骑了一匹快马，抢先直奔王宫。他对楚平王描述了秦国姑娘的美貌，说反正太子此刻与这位姑娘尚未见面，大王何不先娶了她，以后再为太子找一门好的呢？楚平王好色，被费无忌说动了心，但又觉得事关国家社稷的形象和承传，必须小心从事，就重重拜托费无忌一手操办。三下两下，这位原想来做太子妃的姑娘转眼成了公公楚平王的妃子。

事情说到这儿，我们已经可以分析出小人的几条行为特征了：

其一，小人见不得美好。小人也能发现美好，有时甚至发现得比别人还敏锐，但不可能对美好投以由衷的虔诚。他们总是眯缝着眼睛打量美好事物，眼光时而发红时而发绿，时而死盯时而躲闪，只要一有可能就忍不住要去扰乱、转嫁，竭力作为某种隐潜交易的筹码加以利用。

美好的事物可能遇到各种各样的灾难，但最消受不住的却是小人的作为。蒙昧者可能致使明珠暗投，强蛮者可能致使玉石俱焚，而小人则鬼鬼祟祟地把一切美事变成丑闻，因此，美好的事物可以埋没于荒草黑夜间，可以展露于江湖莽汉前，却断断不能让小人染指或过眼。

其二，小人见不得权力。不管在什么情况下，小人的注意力总会拐弯抹角地绕向权力的天平；在旁人看来根本绕不通的地方，他们也能飞檐走壁绕进去。他们敢于大胆损害的一定是没有权力或权力较小的人，他们表面上是历尽艰险为当权者着想，实际上只想着当权者手上的权力。但作为小人，他们对权力本身并不迷醉，只迷醉权力背后自己有可能得到的利益。因此，乍一看他们是在投靠谁、背叛谁、效忠谁、出卖谁，其实他们压根儿就没有稳定的对象概念，只有实际私利。

其三，小人不怕麻烦。上述这件事按正常逻辑来考虑，即便想做也会被可怕的麻烦所吓退，但小人是不怕麻烦的，怕麻烦做不了小人，小人就在麻烦中成事。小人知道，越麻烦越容易把事情搞浑，只要自己不怕麻烦，总有怕麻烦的人。当太子终于感受到与秦国姑娘结婚的麻烦时，当大臣们也明确觉悟到阻谏的麻烦时，这件事也就办妥了。

其四，小人办事效率高。小人急于事功又不讲规范，有明明暗暗的障眼法掩盖着，办起事来几乎遇不到阻力，能像游蛇般灵活地把事情迅速搞定。他们善于领会当权者难以启齿的隐忧和私欲，把一切化解在顷刻之间，所以在当权者眼里，他们的效率更是双倍的，有当权者支撑，他们的效率就更高了。费无忌能在为太子迎娶的半道上发起一个改变皇家婚姻方向的骇人行动而居然快速成功，便是例证。

暂且先讲这四项行为特征吧，司马迁对此事的叙述还没有完，让我们顺着他的目光继续看下去——

费无忌办成了这件事，既兴奋又慌张。楚平王越来越宠信他了，这使他满足，但静心一想，这件事上受伤害最深的是太子，而太子是迟早会掌大权的，那今后的日子怎么过呢？

他开始在楚平王耳边递送小话："那件事情之后，太子对我恨之入骨，那倒罢了，我这么个人也算不得什么，问题是他对大王您也怨恨起来，万望大王戒备。太子已握兵权，外有诸侯支持，内有他的老师伍奢帮着谋划，说不定哪一天要兵变呢！"

楚平王本来就觉得自己对儿子做了亏心事，儿子一定会有所动作，现在听费无忌一说，心想果不出所料。于是立即下令杀死太子的老师伍奢、伍奢的长子伍尚，进而又要捕杀太子，太子和伍奢的次子伍员只得逃离楚国。

从此之后，连年的兵火就把楚国包围了。逃离出去的太子是一个拥有兵力的人，自然不会甘心；伍员则发誓要为父兄报仇，曾一再率吴兵伐楚。许多连最粗心的历史学家也不得不关注的著名军事征战此起彼伏。

然而楚国人民记得，这场弥天大火的最初点燃者是小人费无忌，大家咬牙切齿地用极刑把这个小人处死了，但整个国土早已满目疮痍。

——在这儿我又要插话。顺着事件的发展，我们又可把小人的行为特征延续几项了：

其五，小人不会放过被伤害者。小人在本质上是胆小的，他们的行动方式使他们不必害怕具体操作上的失败，但却不能不害怕报复。设想中的报复者当然是被他们伤害的人，于是他们的使命注定是要连续不断地伤害被伤害者。你如果被小人伤害了一次，那么等着吧，第二次、第三次更大的伤害在等着你，因为不这样做，小人缺少安全感。楚国这件事，受伤害的无疑是太子，费无忌深知这一点，因此就无以安生，必欲置之死地才放心。小人不会怜悯，不会忏悔，只会害怕，但越害怕越凶狠，一条道走到底。

其六，小人需要博取同情。明火执仗的强盗、杀人不眨眼的刽子手是恶人而不是小人，小人没有这份胆气，需要掩饰和躲藏。他们反复向别人解释，自己是天底下受损失最大的人，自己是弱者，弱得不能再弱了，似乎生来就是被别人欺侮的料。在他们企图吞噬别人产权、名誉乃至身家性命的时候，他们甚至会让低沉的喉音、含泪的双眼、颤抖的脸颊、欲说还休的语调一起上阵，逻辑说不圆通时便哽哽咽咽地糊弄过去，你还能不同情？而费无忌式的小人则更进一步，努力把自己打扮成一心为他人、为上司着想而招致祸殃的人，那自然就更值得同情了。职位所致，无可奈何，一头是大王，一头是太子，我小小一个侍臣有什么办法？苦心斡旋却两头受气，真是何苦来哉？——这样的话语，从古到今我们听到的还少吗？

其七，小人必须用谣言制造气氛。小人要借权力者之手或起哄者之口来卫护自己，必须绘声绘色地谎报敌情。费无忌谎报太子和太子的老师企图谋反攻城的情报，便是引起以后巨大灾祸的直接诱因。说谎和造谣是小人的生存本能，但小人多数是有智力的，他们编织的谎言要取信于权势和舆情，必须大体上合乎浅层逻辑，让不习惯实证考察的人一听就立即产生情绪反应。因此，小人的天赋就在于能熟练地使谎言编织得合乎情理，他们是一群有本事诱使伟人和庸人全都沉陷进谎言迷宫而不知回返的能工巧匠。

其八，小人最终控制不了局势。小人精明而缺少远见，因此他们在制造一个个具体的恶果时并没有想这些恶果最终组接起来将会酿成一个什么样的结局。当他们不断调唆权势和舆情的初期，似乎一切顺着他们的意志在发展，而当权势和舆情终于勃然而起挥洒暴力的时候，连他们也不能不瞠目结舌、骑虎难下了。小人完全控制不了局面，但人们不会忘记他们是这些灾难的最初责任者。平心而论，当楚国一下子陷于邻国攻伐而不得不长年以铁血为生的时候，费无忌也已经束手无策，做不得什么好事也做不得什么坏事了。但最终受极刑的仍然是他，在司马迁笔下遗臭万年的也是他，小人的悲剧正在于此。

3

解析一个费无忌，我们便约略触摸到了小人的一些行为特征，但这对了解整个小人世界还是远远不够的，小人还没有被充分研究。

我理解我的同道，谁也不愿往小人的世界深潜，因为这委实是一件令人气闷乃至恶心的事。既然生活中避小人唯恐不远，为何还要让自己的笔去长时间地沾染他们呢？

但是，回避显然不是办法。如果人们都遇到了这个梦魇却缺少人来呼喊，如果呼喊几下说不定能把梦魇暂时驱除一下，如果暂时的驱除有助于增强人们对于正义的信心，那么，为什么要回避呢？

我认为，小人之为物不能仅仅看成是个人道德品质的畸形，这是一种历史的需要。

中国式的人治专制隐秘多变，迫切需要一批这样的人物：他们既能诡巧地遮掩隐秘，又能适当地把隐秘装饰一下昭示天下；既能灵活地适应变动，又能庄严地在变动中翻脸不认人；既能从心底里蔑视一切崇高，又能把统治者的心思洗刷成光洁的规范。

这样一批人物需要有敏锐的感知能力、快速的判断能力、周密的联想能力、有效的操作能力，但却万万不能有稳定的社会理想和个人品格。从这个意义上说，小人不是自然生成的，而是对极权专制体制的填补。

为了极权专制的利益，这些官场小人能够把人之为人的人格基座踩个粉碎，并由此获得一种轻松，不管干什么事都不存在心理障碍：人性、道德、信誉、承诺、盟誓可以一一丢弃，朋友之谊、骨肉之情、羞耻之感、恻隐之心也可以一一抛开，这便是极不自由的专制社会所哺育出来的"自由人"。

这种"自由人"在中国下层社会某些群落获得了呼应。

我所说的这些群落不是指穷人，贫穷不等于高尚却也不直接通向邪恶；我甚至不是指强盗，强盗固然邪恶却也有自己的道义规范，否则无以合伙成事、无以长久立足，何况他们时时以生命作为行为的代价；我当然也不是指娼妓，娼妓付出的代价虽然不是生命却也够痛切，在人生的绝大多数方面，她们都要比官场小人贞洁。

与官场小人真正呼应得起来的，是社会下层的那样一些低劣群落：恶奴、乞丐、流氓、文痞。

恶奴、乞丐、流氓、文痞一旦窥知堂堂朝廷要员也与自己一般行事处世，便获得了巨大的鼓舞，成了中国封建社会中最有资格自称"朝中有人"的"皇亲国戚"。

这种遥相对应产生了一个辽阔的中间地带，一种巨大的小人化、卑劣化运动在中国大地上出现了。上有朝廷楷模，下有社会根基，那就滋生蔓延吧，有什么力量能够阻挡呢？

那么就让我们以恶奴型、乞丐型、流氓型、文痞型的分类，再来更仔细地看一看小人。

恶奴型小人

本来，为人奴仆也是一种社会构成，并没有可羞耻或可炫耀之处，但其中有些人成了奴仆便依仗主子的声名欺侮别人，主子失势后却又对主子本人恶眼相报，甚至平日在对主子低眉顺眼之时也不时窥测着吞食主子的各种可能。这便是恶奴了，而恶奴是很典型的一种小人。

谢国桢先生的《明季奴变考》详细叙述了明代末年江南一带仕宦缙绅家奴闹事的情景，其中涉及我们熟悉的张溥、钱谦益、顾炎武、董其昌等文化名人的家奴。这些家奴或是仗势欺人，或是到官府诬告主人，或是鼓噪生事席卷财物，使政治大局本来已经够混乱的时代更加混乱。

为此，孟森先生曾写过一篇《读明季奴变考》的文章，说明这种奴变其实说不上阶级斗争，因为当时江南固然有不少做了奴仆而不甘心的人，却也有很多明明不必做奴仆而一定要做奴仆的人，这便是流行一时的找豪门投靠之风。

本来生活已经挺好，但想依仗豪门以逃避赋税、横行乡里，便成群结队地签订契约卖身为奴，"卖身投靠"这个词就是这样来的。孟森先生说，前一拨奴仆刚刚狠狠地闹过事，后一拨人又乐呵呵地前来投靠为奴，这算什么阶级斗争呢？

乞丐型小人

因一时的灾荒行乞是值得同情的，但是，把行乞当作一种习惯性职业，进而滋生出一种群体性的心理模式，则必然成为社会公害。

乞丐心理的基点在于以自秽、自弱为手段，点滴而又快速地完成着对他人财物的占有。乞丐型小人的心目中没有明确的所有权概念，他们认为世间的一切都不是自己的，又都是自己的，只要舍得牺牲自己的人格形象来获得人们的怜悯，不是自己的东西也可能转换成自己的东西。他们的脚永远踩踏在转换所有权的滑轮上，获得前语调诚恳让人流泪，获得后立即翻脸不认人。

乞丐一旦成群结帮，谁也不好对付。《清稗类钞·乞丐类》载："江苏之淮、徐、海等处，岁有以逃荒为业者，数百成群，行乞于各州县，且至邻近各省，光绪初为最多。"最古怪的是，这帮浩浩荡荡的乞丐还携带着盖有官印的"护照"，到了一个地方行乞简直成了一种堂堂公务。

行完乞，他们又必然会到官府赖求，再盖一个官印，作为向下一站行乞的"签证"。官府虽然也皱眉，但经不住死缠，既是可怜人，行乞又不算犯法，也就一一盖了章。

由这个例证联想开去，生活中只要有人肯下决心用乞丐手法来获得什么，迟早总会达到目的。

流氓型小人

当恶奴型小人终于被最后一位主子所驱逐时，当乞丐型小人终于有一天不愿再扮可怜相时，他们就变成了流氓型小人。

《明史》中记述过一个叫曹钦程的人，已经做了吴江知县，还要托人认宦官魏忠贤做父亲，其献媚的态度最后连魏忠贤本人也看不下去了，说他是败类，撤了他的官职。他竟当场表示："君臣之义已绝，父子之恩难忘。"

不久，魏忠贤阴谋败露，曹钦程被算作同党关入死牢，他也没觉得什么，天天在狱中抢掠其他罪犯的伙食，吃得饱饱的。

这个曹钦程起先无疑是恶奴型小人，失去主子，到了死牢，便自然地转化为流氓型小人。我做过知县怎么着？照样敢把杀人犯嘴边的饭食抢过来塞进嘴里！你来打吗？我已经咽下肚去了，反正迟早要杀头，还怕打？——人到了这一步，说什么也多余了。

流氓型小人比其他类型的小人显得活跃，他们像玩杂耍一样交替玩弄着诬陷、偷听、恫吓、欺诈、出尔反尔、背信弃义、引蛇出洞、声东击西等技法，别人被这一切搞得泪血斑斑，他们却谈笑自若，全然不放心上。

流氓型小人乍一听似乎多是年轻人，其实未必。他们的所作所为是时间积累的恶果，因此有不少倒是上了一点儿年岁的。

谢国桢先生曾经记述明末江苏太仓沙溪一个叫顾慎卿的人，他做过家奴，贩过私盐，也在衙门里混过事，人生历练极为丰富，到老在乡间组织一批无赖子不断骚扰百姓。史书对他的评价是三个字"老而黠"，简洁地概括了一个真正到位的流氓型小人的典型，街市间那些有流氓习气的年轻人并不属于这个范围。

文痞型小人

当上述各种小人获得一种文化载体或文化面具时，那就成了文痞型小人。

明明是文人却被套上了一个"痞"字，是因为他们的行事方式与市井小痞子有很多共同之处。例如，他们都是以攻击他人作为第一特征；攻击的方式是掷秽泼污，侵犯他人的名誉权；对于自己的劣行即使彻底暴露也绝不道歉，立即转移一个话题永远纠缠下去，如此等等。

但是，文痞型小人毕竟还算文人，懂得伪装自己的文化形象，因此一定把自己打扮得慷慨激昂、疾恶如仇。他们知道当权者最近的心思，也了解当下舆论的热点，总是抛出一个个最吸引众人注意力的话题作为攻击的突破口，顺便让自己成为公众人物。

在古代，血迹斑斑的文字狱最早的揭发批判者就是他们；在现代，"文革"中无数冤假错案最早的揭发批判者也是他们；在当代，借用媒体的不良权力一次次围逐文化创造者，致使文化

191

严重滞后的也是他们。他们不断地引导民众追恶寻恶，而最大的恶恰恰正是他们自己。

我曾经做过几次试验，让一些德行高尚的文化人来排列古代、现代、当代的文痞型小人名单，结果居然高度一致，可见要识破他们并不难。但是，在当今中国，文痞型小人仍然特别具有欺骗性和破坏性，因为他们利用广大民众对于文化的茫然、对于报刊的迷信，把其他类型小人的局部恶浊装潢成了一种广泛的社会污染，因此，他们是所有小人中最恶劣的一群。

影响虽大，但他们的人数并不多，这可能要归功于中国古代的君子观念的渗透。历来许多文人有言辞偏激、嘲谑成性、行止不检、表里不一等缺点，都不能目之为文痞型小人。

4

值得深思的是，有不少小人并没有什么权力背景、组织能力和敢死精神，为什么正常的社会群体对他们也失去了防御能力？如果我们不把责任全部推给此前的专制王朝，在我们身边是否也能找到一点儿原因？

好像能找到一些。

第一，观念上的缺陷。

不知从什么时候开始，社会上特别痛恨的都不是各种类型的小人，相反，我们痛恨口出狂言的青年。我们痛恨死死纠缠异性的情痴，我们痛恨极端的激进派或保守派，我们痛恨跋扈、妖惑、酸腐、固执。我们痛恨这痛恨那，却不会痛恨那些没有立场的游魂、转瞬即逝的笑脸、无法验证的美言、无可检收的许诺。

很长时间我们都以某种意识形态的立场决定自己的情感投向，而小人在这方面是无可无不可的，因此容易同时讨好两面，至少被两面都看成中间状态的友邻。

我们厌恶愚昧，小人智商不低；我们厌恶野蛮，小人在多数情况下不干血淋淋的蠢事。结果，我们苛刻地垂顾着各色人等，却独独把小人给放过了。

第二，情感上的牵扯。

小人是善于做情感游戏的，这对很多劳于事功而深感寂寞的好人来说正中下怀。

在这个问题上小人与正常人的区别是：正常人的情感交往是以袒示自我的内心开始的，小人的情感游戏是以揣摩对方的需要开始的。小人往往揣摩得很准，人们一下就进入了他们的陷阱，误认他们为知己。小人就是那种没有一个真正的朋友却曾有很多人把他误认为知己的人。到后来，人们也会渐渐识破他们的真相，但既有旧情牵连，不好骤然翻脸。

我觉得中国历史上特别能在情感的迷魂阵中识别小人的是两大名相：管仲和王安石。他们的千古贤名有一半就在于他们对小人的防范上。

管仲辅佐齐桓公时，齐桓公很感动地对他说："我身边有三个对我最忠心的人，一个为了侍候我自愿做太监，把自己阉割了；一个来做我的臣子后整整十五年没有回家看过父母；另一个更厉害，为了给我滋补身体居然把自己儿子杀了做成羹给我吃！"

管仲听罢便说："这些人不可亲近，他们的作为全部违反人的正常感情，怎么还谈得上对你的忠诚？"齐桓公听了管仲的话，把这三个小人赶出了朝廷。

管仲死后，这三个小人卷土重来，果然闹得天翻地覆。

王安石一生更是遇到很多小人，难于尽举，给我印象最深的是谏议大夫程师孟，他有一天竟然对王安石说，他目前最恨的是自己身体越来越好，而自己的内心却想早死。王安石很奇怪，问他为什么，他说："我先死，您就会给我写墓志铭，好流传后世了。"

王安石一听就掂出了这个人的人格重量，不再理会。

只有像管仲、王安石这样，小人们所布下的情感迷魂阵才能破除；但对很多人物来说，几句好话一听心肠就软，小人要俘虏他们易如反掌。

第三，心态上的恐惧。

小人和善良人往往有一段或短或长的情谊上的"蜜月期"，当善良人开始有所识破的时候，小人的撒泼期也就来到了。

　　平心而论，对于小人的撒泼，多数人是害怕的。小人不管实际上胆子有多小，撒起泼来却有一种玩命的表象。好人虽然不见得都怕死，但死也要死在像样的地方；与小人玩命，他先泼你一身脏水，把是非颠倒得让你成为他的同类，就像拉进一个泥潭翻滚得谁的面目也看不清，这样的死法多窝囊！

　　因此，小人们用他们的肮脏摆开了一个比世界上任何真正的战场都令人恐怖的混乱方阵，使再勇猛的斗士都只能退避三舍。

　　在很多情况下小人不是与你格斗而是与你死缠，他们知道你没有这般时间、这般口舌、这般耐心、这般情绪，他们知道你即使发火也有熄火的时候，只要继续缠下去总会有你的意志到达极限的一刻。他们也许看到过古希腊的著名雕塑《拉奥孔》，那对强劲的父子被滑腻腻的长蛇终于缠到连呼号都发不出声音的地步。想想那尊雕塑吧，你能不怕？

　　有没有法律管小人？很难。小人基本上不犯法，这是小人更让人感到可怕的地方。《水浒传》中的无赖小人牛二缠上了英雄杨志，杨志一躲再躲也躲不开，只能把他杀了，但犯法的是杨志，不是牛二。

小人用卑微的生命粘贴住一具高贵的生命，高贵的生命之所以高贵就在于受不得污辱，然而高贵的生命不想受污辱就得付出生命的代价，一旦付出代价后人们才发现生命的天平严重失衡。

这种失衡又倒过来在社会上普及着新的恐惧：与小人较劲犯不着。中国社会流行的那句俗语"我惹不起，总躲得起吧"实在充满了无数次失败后的无奈情绪，谁都明白这句话所说的不是躲盗贼，不是躲灾害，而是躲小人。好人都躲着小人，久而久之，小人被一些无知者羡慕，他们的队伍扩大了。

第四，策略上的失误。

中国历史上很多不错的人物在对待小人的问题上每每产生策略上的失误。在道与术的关系上，他们虽然崇仰道，但因为整个体制的束缚，无法真正行道，最终都垂青于术，名为韬略，实为政治实用主义。

这种政治实用主义的一大特征，就是用小人的手段来对付政敌，这样做初看颇有实效，其实后果严重。政敌未必是小人，利用小人对付政敌，在某种意义上是利用小人扑灭政见不同的君子，在文明构建上是一大损失。

如果是利用小人来对付小人，那就会使被利用的那拨小人处于被弘扬的地位，一旦成功，小人的思维方式和行为逻辑将邀功论赏、发扬光大。

中国历史上许多英明君主、贤达臣将往往在此处失误，他们获得了具体的胜利，但胜利果实上充满了小人灌注的毒汁。他们只问果实属于谁而不计果实的性质，因此，无数次好人的成功也未必能构成文明的积累。

第五，灵魂上的对应。

有不少人就整体而言不能算是小人，但在特定的情势和境遇下，灵魂深处也会悄然渗透出一点儿小人情绪，这就与小人们的作为对应起来了，成为小人闹事的帮手和起哄者。

谣言和谎言为什么有那么大的市场？按照正常的理性判断，大多数谣言是很容易识破的，但居然会被智力并不太低的人大规模传播，原因只能说是传播者对谣言有一种潜在的需要。

只要想一想历来被谣诼攻击的对象大多是那些有理由被别人暗暗嫉妒却没有理由被公开诋毁的人物，我们就可明白其中的奥秘了。谣言为传谣、信谣者而设，按接受美学的观点，谣言的生命扎根于传谣、信谣者的心底。如果没有这个根，一个谣言便如小儿梦呓、腐叟胡诌，会有什么社会影响呢？

一切正常人都会有失落的时候，失落中很容易滋长嫉妒情绪，一听到某个得意者有什么问题，心里立即获得了某种窃窃自喜的平衡，也不管起码的常识和逻辑，也不做任何调查和印证，立即一哄而起，形成围啄。

更有一些人，平日一直遗憾自己在名望和道义上的欠缺，一旦小人提供一个机会能在攻击别人过程中获得这种补偿，也会在犹豫再三之后探头探脑地出来，成为小人的同伙。

如果仅止于内心的些微需要试图满足，这样的陷落也是有限度的，良知的警觉会使他们拔身而走。但也有一些人，开始只是说不清道不明的内心对立而已，而一旦与小人合伴成事后又自恃自傲，良知麻木，越沉越深，那他们也就成了地地道道的小人而难以救药了。

从这层意义上说，小人最隐秘的土壤其实在我们每个人的内心。即便是吃够了小人苦头的人，一不留神也会在自己的某个精神角落为小人挪出空地。

5

那么，到底应该怎么办呢？

显然没有消解小人的良方。在这个问题上，我们能做的事情很少。

我认为，最根本的是要不断扩大君子的队伍，改变君子和小人的数量对比，一定需要有一批人成为比较纯粹的君子，而不受任何小人生态的诱惑。

君子的古代标准也就是他们与小人的原始区别，我们的祖先早有教导，例如"君子怀德"、"君子坦荡荡"、"君子求诸己"、"君子成人之美"、"君子和而不同"、"君子周而不比"等。这些教导对君子的风范、目标和生态做了经典描述，君子的现代标准只要在这个基础上增加一系列全人类公认的价值标准，诸如人权、人道、民主、自由、互助、慈善、环保等，并由此展现出更加关爱苍生、牺牲自我、温和坚毅、光明磊落的风范。

真正的君子行迹是一种极其美好的人生体验。只要认真投入，很快就能发现，自己什么也不害怕了；过去想做君子而犹豫，不就是害怕小人吗？一旦成了真君子，这种担忧就不再存在。

不再害怕我们害怕过的一切：不再害怕众口铄金，不再害怕招腥惹臭，不再害怕群蝇成阵，不再害怕阴沟暗道，不再害怕那种时时企盼着新的整人运动的饥渴眼光，不怕偷听，不怕恐吓，不怕狞笑，只以更明确、更响亮的方式，在人格、人品上昭示出高贵和低贱的界限。

此外，还有一件具体的事可做。我主张大家一起来认真研究一下从历史到现实的小人问题，把这个问题集中谈下去，总有好处。

想起了写《吝啬鬼》的莫里哀。他从来没有想过要根治人类身上自古以来就存在的吝啬这个老毛病，但他在剧中把吝啬解剖得那么透彻、那么辛辣、那么具体，使人们以后再遇到吝啬或者自己心底再产生吝啬的时候，猛然觉得在哪里见过，于是，剧场的笑声也会在他们耳边重新响起。那么多人的笑声使他们明白人类良知水平上的是非，他们在笑声中莞尔，正常的人性也就悄悄地上升了一小格。

吝啬的毛病比我所说的小人问题轻微得多。鉴于小人对我们民族昨天和今天的严重荼毒，微薄如我们，能不能像莫里哀一样把小人的行为举止、心理方式用最普及的方法袒示于世，然后让人们略有所悟呢？

研究小人是为了看清小人，给他们定位，以免他们继续以无序的方式出现在我们生活的各时各处，使人们难以招架。研究仅止于研究，尽量不要与他们争吵。争吵使他们加重，研究使他们失重。

虽然小人尚未定义，但我看到了一个与小人有关的定义。一位美国学者说：

所谓伟大的时代，也就是大家都不把小人放在眼里的时代。

这个定义十分精彩。小人总有，但他们的地位与时代本身的重量成反比，既然专制极权和政治乱世造就了小人，既然庸众意识和恐惧心理助长了小人，那么，如果出现了一种强大的精神气压，使小人在社会上从中心退到旁侧、从高位降到低位、从主宰变成赘余，这个时代已经在问鼎伟大。

我们的时代已经出现了一些好的趋势，快速推进的时代节奏、无限开阔的全球视野渐渐使很多小人的行为越来越失去效用。前几年还在闹腾的事件现在一看全变成了笑话，尤其是那些以折腾人著称的"大批判专家"，连名字也完全被人们淡忘。

但是，我们的时代与伟大显然还有距离。大家已经发现主要距离在于精神文化方面，没有发现的是，不少精神文化的创造者仍然被小人啃噬着。中国民众固然已经厌烦小人了，但是，以往很多年被小人扯来扯去的视线，至今还没有恢复仰望精神文化的功能。结果，小人被冷落了，而精神文化也被冷落着。

我相信，这种双向冷落只是一个暂时的过程。

最后我必须补充一个观点才能结束本文，那就是：尽管小人在整体上祸害久远，但就他们的个体生命而言，大多也是可怜人，包括其中最令人厌烦的文痞型小人，无非也就是一些喝了

"狼奶"的失败者和抑郁者。他们，还有被拯救的可能。

冷落他们、搁置他们，然后拯救他们，这便是当今君子的责任。

说到底，他们是在一个缺少关爱的环境里长大的一群，因此更应该受到关爱，我们鄙弃的是他们以往的作恶方式以及他们在历史上的集合状态。

解

经

修

行

一、菩提树下

在二十世纪即将结束的那半年，我贴地历险数万公里，考察了目前世界上最辽阔的恐怖地区。这些地区，恰恰又是人类文明发展最悠久、最辉煌的"教科书地带"。直到今天，世界各地的历史课程，仍在歌颂着那里曾经发生过的丰功伟绩。

但是，显而易见，各自的丰功伟绩又堆积成了仇恨的遗墟，天天滋生着炮火、灾难和血泪。我发现，在那里，历史和地理在进行着频繁的转换：互相仇恨的历史变成互相仇恨的地理，而这样的地理又会延绵成今后的历史。

我想，这就是双重地狱，时间的地狱和空间的地狱。我居然在世纪之交亲临实感，不能不对人类的前途产生极大的悲观。

地狱的起因，各方都可以说得连篇累牍，但最终的共同理由却很简单，那就是：对立太多，争夺太多，欲望太多，仇恨太多。

冲突的各方都指着对手的鼻子滔滔怒斥，其实，各方的毛病大同小异。

就在这种悲观中，我风尘仆仆地赶到了印度的菩提伽耶，找到了那棵菩提树。

不错，就是佛陀释迦牟尼开悟的那个地方。经过很多佛教学者考证，地点应该准确无误。时隔两千多年，当然已经不是那棵树了，但由于历代信徒们的努力，那棵树的树种被一次次保留、供奉、再生，直接系脉也准确无误。那天，从世界各地赶来在树下打坐的僧侣有几十名，我有幸挤进去，打坐了很长时间。

佛陀当年也是面对着无尽的灾难而寻求解脱，先在一个山洞苦修了很多年，没有满意的成果，才来到菩提树下。他苦修的那个山洞我也找到了，不难推想出当年他苦修的程度之深。那么，他终于下山开悟在菩提树下，究竟悟到了什么？

更重要的是，他的悟，为什么能够衍化成世界三大宗教之一，而在中国又成了影响最大、信众最多的宗教？

这是许许多多佛学著作研究的课题，所留经论已浩如烟海。但是我相信，任何开悟，都不可能以学究方式达到。恰恰相反，一定是对学究方式的摆脱。

我从小就出生在一片信奉佛教的土地上，生长在一个信奉佛教的家庭里，对佛教并不陌生。但那天在菩提树下，我却想摆脱一切知识沉淀，只用省俭的方式找到那个最简明的精神支点。

而且，我相信，找到没找到，就看那个精神支点能否有效地作用于当下。

几千年后的当下，这是考验所有宗教的生命现场。宗教的生命力既不是退蕴在巨大的经藏里，也不是裹挟在教士的衣袍中，而必须体现于跨越式的异地投射和异时投射，以及这种投射所产生的能量反应。因此，一切伟大的宗教都会因地制宜，与时俱进，还会出现一代代杰出的宗教改革家。那种故步自封的"原教旨主义者"、"基本教义派"，其实是一种严重的不自信，把路越走越窄。

佛教显然具有强大的后续生命，但是，密密层层的寺庙也常常以浓郁的香火、世俗的功利把简明的精神支点遮盖了。据说近年来，佛珠已经和辟谷、乡墅、酒库一起，成为新一代土豪的基本标志。很多僧侣，已经习惯于用"升官发财"来祝祈各方信众。于是，连佛教也让人疑惑了。幸好，远处，还有那棵青翠的菩提树。虽然不是原来那棵，但种子在，静坐在，守护在，虔诚在。

据说，佛陀在菩提树下开悟后，抬头看到天上一颗明亮的星。

星星就在头上，为什么常常看不到？因为被太多的云层遮住了。

他从菩提树下站起，去了鹿野苑。我也踩着他两千多年的脚印，去了那里。他在鹿野苑，先不讲彼岸，只讲此岸。先不讲天堂，只讲地狱。先不讲星星，只讲乌云。

讲清了此岸，彼岸就出现了；讲清了地狱，天堂就呈示了；讲清了乌云，星星就闪亮了。

他讲了很多很多，弟子们记了很多很多，终于构成了宏大的精神构建，传之广远。

在这宏大的精神构建中，最为精练简短的经文要数《心经》了吧？我曾经恭敬地抄录过《心经》很多遍，今天想从中取用一些关键词汇，来描述佛陀的重大指点，以及这种指点的现代性。感谢鸠摩罗什和玄奘法师，把这些汉字选择得那么准确，又灌注得那么宏富。

我发现，中国古代很多儒家学者，都像我一样抄录过《心经》。确实，中国传统的儒家和道家在发展过程中，都汲取过佛教的精神营养。魏晋南北朝以后的中国君子，很少不受到佛教的深刻影响。因此，我在研究中国传统人格模式时，也无法躲得开佛教。我下面对《心经》的阐释，正是这项研究与我自身修行的互融。

二、缘起性空

《心经》的第一个字"观"，是指直接观察，可谓之"直观"。"直观"也就是"正视"，经由"直观"和"正视"，产生"正见"和"正觉"。

玄深的佛教，居然从"直观"和"正视"开始，可能会让后代学者诧异。但是，天下真正深刻的学说，本应该具有最直接的起点。深刻，不是因为能缠绕，而是因为能"看破"。因此，"看"是关键。

我钻研过世界上自古至今各种经典，发现它们的高低之别，不在于构架、概念、阵仗，而在于是否保留着那副能够"直观"和"看破"的眼神。有的学说，在初创时期还保留着，但随着后代的层层伸发，越来越云遮雾罩，那种眼神不见了，因此也就降低了品级，往往是体量渐大，格局渐小。佛教也出现过这种现象，幸好在佛陀释迦牟尼那里，"直观"得非常锐利。

佛陀"直观"人生真相，发现的一个关键字是"苦"。

生、老、病、死、别、离，一生坎坷，都通向苦。为了躲避苦，害怕苦，转嫁苦，人们不得不竞争、奋斗、挣扎、梦想、恐惧，结果总是苦上加苦。

那么，再直观一下，苦的最初根源是什么？佛陀发现，所有的苦，追根溯源，都来自于种种欲望和追求。那就必须进一步直观了：欲望和追求究竟是什么东西？它们值得大家为之而苦不堪言么？

在这个思维关口上，不同等级的智者会做出三种完全不同的回答。低层智者会教导人们如何以机谋来击败别人，满足欲望和追求；中层智者会教导人们如何以勤奋来积累成绩，实现欲望和追求；高层智者则会教导人们如何以时代为选择标准，提升欲望和追求。

佛陀远远高出于他们。既高出于低层、中层，也高出于高层。他对欲望和追求本身进行直观，然后告诉众人，可能一切都搞错了。大家认为最值得盼望和追慕的东西，看似真实，却并非真实。因此，他不能不从万事万物的本性上来做出彻底判断了。

终于，他用一个字建立了支点：空。

空，对佛教极为重要。甚至，历来人们都已习惯把佛门说成是"空门"。

空，是一个常用汉字，很容易被浅陋理解。佛陀的本意很深刻，他认为，世间的一切物态现象和身心现象，都空而不实，似有实无。

《心经》用一个"色"字来代表物态现象，又用一个"蕴"字来代表身心现象。"色"有多种，"蕴"也有多种，但都是空。

《心经》一上来就说："五蕴皆空"。这个"五"，包括万象。

《心经》最著名的回转句式是："色不异空，空不异色；色即是空，空即是色。"来回强调，让人不能不记住，一切物态现象与空无异。《心经》紧接着又说"受想行识，亦复如是"，那是在包抄身心现象了。

从这样的语言方式，可以知道佛教在这个根本问题上的果决透彻，不留缝隙。

为什么万事万物皆是空？对此，佛教并不满足于宣布结论，而是进入了深层解答，表现出一种少有的学理诚恳。

佛教认为，判断万事万物皆是空，是因为万事万物都因远远近近各种关系的偶然组合而生成。佛教把关系说成是"缘"，把组合说成是"起"，于是有了"缘起"的说法。

由于万事万物都是这么来的，而不是各自独立的原生实体，因此不可能具有真实而稳定的自我本性。所有的本性，都只能指向空。把这两层意思加在一起，就构成了四个重要的字："缘起性空"。在汉传佛典中，这四个字具有透视世界的基础地位。

缘起性空，从根本上改变了人们的固化思维，把僵滞的世界图像一下子激活了。

我想借用一个美好的例子，来加以说明。

例如，我们低头，看脚边这一脉水，它从何而来？它的"缘起"，就有无数偶然的关系。来源，是一条条山溪，越过了一重重山坡；但山溪里的水又怎么生成？那就会追及一朵朵云，一阵阵雨；那么，云从何而来？又如何变成了雨？而这山坡又是怎么产生的？……

还可以再进一步问，这水会一直保持自己的本性吗？它会被树木吸收，也会因天气蒸发，那它还算是水吗？吸收它的树木，可能枯朽成泥，也可能砍伐成器。器迟早会坏，变成柴火，一烧而汽化。那么，以前每一个阶段的"性"又在哪里？

这个过程，大致能说明"缘起性空"的部分意涵。

世间绝大多数民众由于身心局限，只能从"缘起性空"的大过程中截取一些小小的片段，将它们划界定性，然后与其他片段切割、对比、较劲、争斗、互毁、互伤，造成一系列障碍和恐怖。世界的灾难，都由此而生。因此，"缘起性空"的惊醒，有救世之功。

但是，这种惊醒很难，因为多数民众已在固化片段中安身立命、自得其乐。他们把暂且的"拥有"当作了天经地义，听说是"缘起"已经觉得失去了历史，听说是"性空"更觉得失去未来了。

"缘起"？他们摇头。难道此刻实实在在握在手上的一切，不是家传、命定、天赐，而只是云霓乍接、天光偶合？

"性空"？他们摇头。难道此刻确定无疑归于自己的一切，不是实体、实价、实重，而只是一种暂挂名下的心理安慰？

对此我想多说几句。

我看到不少书籍在解释"空"和"性空"的时候，喜欢用这样一些词语：转瞬即逝、多而必失、富而难守、高而必跌、时过境迁、物换星移……。这并没有完全说错，却是浅解。照佛陀的意思，即便在未逝、未失、未跌、未迁之时，就已经是"空"了。因此，不是"易空"，而是"性空"，即本质之"空"。拥有之时，已"空"。

佛教对于一位巨富，并不是预告他"财产不永"，而是启迪他此时此刻也不是实有。同样，佛教也不是告诫一位高官，会"空"在退休或罢免之后，而是提醒他，在未退未罢的今天，权位的本性也是"空"。

我们不妨用一个最温和的例子，来说明"拥有"之空。

且说一位教师，他对学生的"拥有"就很不真实。任何学生，一生都重叠着无数社会角色，"学生"只是他们早年的一个薄薄片段，而且他们总会面对很多学校，很多教师，很多课程。

这个教师教了这门课，那要问：用的是什么教科书？这教科书是谁编的？内容有多少与编者本人有关？教师和编者又有什么关系？教的内容，学生接受了多少？丢弃了多少？接受的，后来忘记了多少？没有忘记的，对他的人生是障碍还是助益？……这一连串浅浅的问题，说明教师对学生的"拥有"，在极大程度上是"假有"。教师的职业，在社会依存度和信赖度上都远远高于富人和官员，连这个职业都是如此，更不待说其他了。

以一个"空"字道破一切，是不是很悲哀呢？

不。

人世间确实为脆弱和虚荣的人群设置了一系列栏杆和缆绳，道破它们的易断和不实，一开始也许会让人若有所失，深感惶恐。其实，让脆弱暴露脆弱，让空虚展现空虚，让生命回归生命，反而会带来根本的轻松和安全。

空，是一种无绳、无索、无栏、无墙、无羁、无绊的自由状态。好像什么都没有了，又好像什么都有了。在空的世界，有和没有，是同一件事。只不过，以空为识，获得洞见，就不一样了。有和没有，也都进入了觉者的境界。

我想用中国古人的一句名言"四海之内皆兄弟"，来解释空。你看，既然是"四海之内"，那就把地域放空了，把邦国放空了，把故乡放空了，把家庭也放空了。这一系列的放空，使胸襟无限扩大，可谓气吞山河。好像是一层又一层的失去，却是一层高于一层的俯视。在如此辽阔的精神天地中，"兄弟"也是一个空概念，因为早已突破了原来的血亲关系。原来的血亲兄弟一遇到这个大概念，也就抽去了封闭性和排他性，不再固化。可见，正是这个空概念的"兄弟"，使人类世界亲如一家。空，因撤除界线而通向了伟大。"四海之内皆兄弟"这话，在佛教传入之前就在中国流传了，却符合了佛教精神。

中国还有一句俗语，叫"退一步海阔天空"。在各种对峙、冲突中，这句话的效果百试不爽，而对人的心理慰藉更是无与伦比。"海阔天空"中的"空"，虽是文学修辞，却符合佛教本义。试想，"退一步"就能如此开阔了，多退几步又会如何呢？应该明白，这里所谓的退，并不是消极的退让，而是对事物空性的逼近。原来那种鼻子对鼻子、剑戟对剑戟的"狠劲"，其实都是迷误。在这个意义上，空，是一种因放弃、删除、减负之后产生的美好境界。

对于这一点，我忍不住还要从美学上加添几句。东方诗画中的"空境"，是"上上胜境"。"空即是色"的道理，在东方美学中获得过最佳印证。但这不仅仅属于东方，属于中国。英国戏剧家彼得·布鲁克（Peter Brook）所著《空的空间》（*The Empty Space*），正是在呼唤一种新世纪的"性空美学"。这种美

216

学，主张让出无边的空间，创造无边感受。

无边界，无束缚，无限制，流动不定，幻化无穷。此为美学大道，在当代功利世界已经很难见到。未料，前不久，居然在俄罗斯举办的索契冬奥会的开幕式上隆重领略，喜叹大美未亡，也让我对俄罗斯的美学潜藏重新高看一眼。

三、那些否定

空，是一个坐标。由它一比，世间很多重大的物态、心态、生态，都由重变轻，由大变小，甚至变得没有意义了。

因此，要阐释空，仰望空，逼近空，触及空，必须运用一系列的减除之法、断灭之法、否定之法。

《心经》虽然简短，却用了大量的否定词，例如"不"和"无"的整齐排列。确实，只有经过"不"和"无"的大扫除，才能真正开拓出"空"的空间。

先说"不"。

《心经》说，在空相中，"不生不灭、不垢不净、不增不减"。我把这几个"不"，都翻译成了"无所谓"，即："无所谓诞生和灭亡，无所谓污垢和洁净，无所谓增加和减少"。这里的"无所谓"，不是没有。事实上，生和灭、垢和净、增和减还是存在的，但没有绝对意义，也没有固定差异。

生是灭的开始，因此生中隐含着灭。反之，灭中又包含着生，或启动着另一番生。因此，没有纯粹的生，也没有纯粹的灭。它们之间，并不是彻底对立。

垢和净也是一样。"水至清则无鱼"，净和垢历来并存，只是比例变动而已。而且，大净中很可能潜伏着大垢，"含剧毒而无迹"；大垢中也可能隐藏着大净，"出淤泥而不染"。

增和减更难判定。似增实减、似减实增的情形，比比皆是。结果，增也无所谓增，减也无所谓减，非增非减，不增不减，归之于空。

总之，空门，就是打通之门。把生和灭之间的门打通，把垢和净之间的门打通，把增和减之间的门打通，打通了，也就进入了"空门"。空的最常见障碍，是一座座关着的门。关着的门，就是强行切割之门，互相觊觎之门，自寻烦恼之门。因此，《心经》对这些关着的门，说了那么多"不"，要它们全部打通。

《心经》用得最多的否定字，是"无"。

在空的世界，各种障碍都要接受"无"的荡涤。大致有以下几种——

第一种，荡涤感觉障碍。人们常常会相信"眼见为实"、"亲耳听到"、"亲口尝过"，而佛教则对人的感觉保持怀疑。直接感觉到的一切，极有可能是表象、暂象、假象。因此《心经》指出，从受、想、行、识、眼、耳、鼻、舌、身、意、色、声、香、味、触、法等等感觉系统所带来的不同心理感受，都不可完全信赖，都不要过于在乎，甚至都可以视之为无。这也说明，"看破"之"看"，与一般的视觉，并不相同；

第二种，荡涤界限障碍。人们走上感觉误区之后，又会设置很多界线，作为认识世界的栏杆和台阶。其实这些界线都是心造的，实际并不存在。《心经》里所说的"无眼界，乃至无意识界"，也就是指从最初的视觉到最后的意识，人们划出很多界限，都应该撤除。世上很多学者和行政官员一直以"划界"作为自己的行为主轴，其实都是在做分化世界的事情。在佛教看来，所有的划界有时是需要的，但说到底还是在设置障碍。因此，也要视界为无；

第三种，荡涤生存障碍。很多智者和哲人，老是在研究人类生存的很多麻烦课题。例如，明白和愚黯，衰老和死亡，痛苦和灭亡，机智和收获，等等。佛教认为，这些问题没有归向，无从解决，因此也就无法成立。《心经》所说的"无无明，亦无无明尽，乃至无老死，亦无老死尽，无苦集灭道，无智亦无得"，那么重要的一系列难题，答案都是"无"。历来都是人类生存的大课题。明黯老死，似乎更是关及生存等级。《心经》认为没有这种等级，也不应期待这些问题的解决。自认的机智和收获，更没有着眼的必要。当这些人人都很看重的思维山峦都归之于无，空的境界才能真正出现。

那么多"无"，概括起来也就是"无常"。"无常"二字，对世界的种种固定性、规律性、必然性、周期性、逻辑性提出了根本的怀疑。因此，正是"无常"，可以排除一系列障碍。无常，初一听让人心神不定。但是，当它宣布，原来让人心神安定的那些"规律"和"必然"都不可靠，人们的心神也就会在搁置"小安定"后获得"大安定"。

既然整体是无常，那就不要那么多预测、判断、分析了。来什么就是什么，当下面对，即时处理。这也就是说，从"失去依靠"走向了"不必依靠"。

因无常而不必依靠，那就叫"自在"。

如果这一系列障碍都得以排除，那么，由这些障碍带来的精神恶果也可以避免了。这就是《心经》所说的"心无挂碍"、"无有恐怖"。正是这两个"无"，可以使人"远离颠倒梦想，究竟涅槃"。

只可惜，以上一系列被"无"所否定的东西，世人常常不舍得丢弃，那么，随之也就无法丢弃那些挂碍、恐怖、颠倒梦想了。

一连串的否定，组成了一场"空门大扫除"，为的是挣脱种种相状，达到没有障碍的"如来"境界。

四、度化众生

《心经》认为，以"无"入"空"，排除障碍，是人生真正的大智慧。同是一个"智"，小机智徒增障碍，被佛经称之为"漏智"，属于排除之列。排除了小机智，就能开启大智慧，那就是"般若"。般若智慧的核心是度化，因此又称"般若波罗蜜多"，即"大智慧度化"，简称"智度"。佛典中，有《大智度论》。

度，是脱离苦海到彼岸。小乘佛教，重在个人解脱；大乘佛教，重在众生度化。个人解脱的理由和程序都已经说得很清楚，那么，从逻辑上，为什么还要拓展成众生度化呢？

有人说，这是佛教随从了普世道德，不在乎自身逻辑。对此，我不能同意。我认为，佛教由"度己"而导致"度人"的逻辑，很清晰。下面，且让我略加梳理。

如前所述，佛教在阐明"空"的学说时，着力排除种种界定，拆卸道道门槛。很快就碰到了最重要的一个界定，那就是"他我"之间的界定；遇到了最后一道门槛，那就是"人己"之间的门槛。

"我"是什么？显然，不管在生理意义、伦理意义还是社会意义上，都是"性空"。生理意义上的"我"，是速朽的皮囊；伦理意义上的"我"，是随着亲情关系的必然陨灭而不知自己是谁的孤鸟；社会意义上的"我"，是被一堆人造身份所堆垒而成的空洞名号。正如前面已经说到，一切"拥有"，都是"假有"，那么，接下来，一切"拥有者"本人，也是空相。富人的钱财是空，高官的权位是空，而更重要的是，富人和高官本身，也是空。那么，不是高官和富人的普通人呢？也一样，都是空相。

　　在现代西方思维中，"我"是一切的出发点。我的存在，我的权利，我的成败，我的性格……，这便是欲望的渊薮、冲突的本体、烦恼的根源。

　　佛教以很大的力度，对"我"提出了质疑。不是质疑我这个人的优缺点，而是质疑"我"这个概念本身的存在基点。质疑的结果，是主张放弃对"我"的执着，即破除"我执"。

　　我前面说到，《心经》里包含着那么多"无"，都可以概括为"无常"；其实，在"无常"后面还隐藏着一个最根本的"无"，那就是"无我"。

　　历来有不少佛教学者把"缘起性空，无常无我"八个字当作佛教的精髓，我很赞成。

　　在世界各大宗教派别和哲学派别中，佛教明确地提出了对自我个体的放弃、消融和超越，显示出非同一般的成熟等级。

佛教当然可以与那些主张个体完满、个体成功的学说共存于世，但它又不能不指出，一切"完满"和"成功"都不可能真实，因此所谓"完满的个体"、"成功的个体"必然承担着多重虚假。扩而大之，一个世界如果真的存在着很多"完满的个体"和"成功的个体"，或者企图"完满"或"成功"的个体，那他们一定会与周边的世界天天产生区隔和争斗，因此这个世界必然是一个喧闹和恐怖的天地。而这些以"完满"、"成功"自许者的下场，也一定是苦，而且是难言之苦。

佛教正是因为破除"我执"，主张"无我"，才让那些自许"完满"、自许"成功"的欲望和追求真正断灭。简言之，因"无我"，才"灭苦"。

需要说明的是，后来禅宗中有"我即是佛"的说法，此"我"与"无我"并不矛盾。此"我"无欲，此"我"无名，只是作为一个精神载体的例证，说明"人人皆有佛性"，可由切身做起。恰恰是佛性，能够有力抵消"我"的"自性"。

正因为"人人皆有佛性"，度化众人也就有了可能。如果人人都能以"佛"自认，那就不再存在一般意义上的"我"，这恰恰是到达了更高意义上的"无我"境界。

"人人皆有佛性"，但人人又不能单独完满，因此任何一个人都不应该企求单独解脱。如果单独解脱了，而周围的众人还困于重重障碍之中，那么，这个自以为"解脱"了的个人还会寸步难行。如果别人没有解脱，那么，为了守护自己的解脱必须划出人我之界。这么一划界，空境便顿时消失，解脱也无从说起。

诚如谚语所说，一滴清水无救于一缸污水，而一滴污水却能把一缸清水毁坏。一个修行者即便把自己修炼成了一滴最纯净的清水，却没有与周边污水分割的"薄膜"，那么，这滴清水怎么存在？同样，如果大家都成了纯净的清水，却还有一滴仍然污浊，那么，大家的纯净还能保持吗？因此，佛教必然指向整体关怀，普世行善，无界救助。要解脱，也要大家一起解脱。

更重要的是，佛教既然"无我"，也就无所谓"度己"。"度己"之说，不符合"无我"的宏旨。"无我"的空境，必把大千世界作为唯一主体，达到前面所说的"四海之内皆兄弟"的境界，发誓引渡每一个"兄弟"。

由此可知，佛教从"度己"跃升为"度人"，思路十分清晰，并不是随意地从众悦众。

也正因为如此，我们看到，《心经》最后那个咒语，呼唤得那么恳切："揭谛，揭谛，波罗揭谛，波罗僧揭谛，菩提萨婆诃。"我的翻译是"去吧，去，到彼岸去，赶快觉悟！"对于这几句咒语，《心经》自己还反复推崇"是大神咒，是大明咒，是无上咒，是无等等咒"，而且"能除一切苦，真实不虚"。可见，在佛教看来，头等重要的大事是"度人"。

于是，作为佛教修行最高、最后目标的"涅槃"，也与"到彼岸去"连在一起了。《大智度论》在阐释"波罗蜜"时说："涅槃为彼岸"。度人到彼岸的修行者称为"菩萨"，他们的"大誓愿"就是"度一切众生"（见《大智度论》卷四）。

在中国民间，菩萨常常被看作偶像，其实，他们只是修行者，因觉悟而大慈大悲、救苦救难、护佑众生、反对伤害。菩萨把佛教本义和民间企盼融成一体，组成了"无缘大慈，同体大悲"的高尚信仰。

"无缘大慈，同体大悲"，这八个字很好。意思是，号召一切不认识、不相关的人，也都应该视若一体，感同身受，互相救助，共抵彼岸。彼岸，就是不受世俗羁绊所困苦的净土。

回想我儿时在家乡随长辈礼佛，第一印象就是积德行善、惜生护生、乐于助人。当时，很多天天念佛的信众并不识字，不懂佛经，但是，就凭着积德行善、惜生护生、乐于助人，维护住了苦难大地上的文明脉络。现在才知，这比烦琐的经句训诂更贴近佛教本义，这也正是度化众生这一信仰的民间实践。

五、继续修行

从幼年开始的佛教背景，对我的帮助无可限量。每次进入古老寺庙，每次拜见高僧大德，都有一种身心相通的亲近。在亲近过程中又会自省，反观自己在修行长途中的步履，有多少滞塞，有多少延伸。

我发现，自己过去得益于佛教的地方，有三个"毋"；而自己今后仍须努力的空间，则有三个"少"。

先说三个"毋"。

一是"毋避"。这是从佛教的"无常"观念引出来的。由于"无常"，一切都会发生，既无法预计，又无法预防，那就不如平静接受，从容处理。应该知道，这是在接受既正常又不正常的世界，这是在面对既正常又不正常的人间，不必恼怒、哀怨、气恨。为此，我从青年时代开始，就对家庭和自己遇到的一切灾难、冤屈、诽谤，都采取"毋避"的态度。开始有点儿不知所措，但后来越是"毋避"，就越坦然，觉得这是生命入世的正常方式。若是避了，反而像是避洪水于沙墩，避匪徒于枯井，既自废了手脚，又恶化了事态。

"毋避"，从根本上改变了与生俱来的避祸本能，使自己变得强大。在我平生遭受无数凶逆的时候，佛教让我一次次抽去了个人的名利凶吉期许，去直视无常。结果，倒是拥有了站在灾祸最前沿的大雄精神。让我高兴的是，我的经历使周围友人都确信，如果以后遇到了地震、海啸或其他重大灾难性事件，我必定仍然会是一个平静的救助者和安慰者，直到最后。感谢佛教，给了我这种人生底气，使我有可能引领大家面对世间困厄。

二是"毋招"。不躲避，也不招引。尤其是世间那些看起来很堂皇、很荣誉、很普及、很方便、很时尚的一切"美事"，更是不招、不引、不思、不迎。因为这一切，都是既定形态、外在硬块，属于佛教所言之"色"和"蕴"，皆为空相，应该看破。若不看破，即是障碍。对此，我有很多切身感受。外部世界诱惑和招引实在太多，为了向外部世界证明自己价值而进入某种台阶的理由实在太多，我却渐渐明白，那些全是障碍，一旦被招，极易迷失。我为什么能够坚辞高位、谢拒名号、绝迹会议、不涉团体？其实都是佛教的"性空"观念在主导着我。

我知道，越有声势的强力，越是性空；越有吸引力的美事，越要放下。否则，整个"受想行识"都会坠入"颠倒梦想"，不得超脱。环视四周民众，大多在官阶、名声、输赢、信息、网络间挣扎折腾，反把我看作遗世怪人。我则在为他们默祷："揭谛，揭谛，波罗揭谛……"

三是"毋应"。说起来，毋招世间美事，这总该太平了吧？不，总有外人指名道姓地对自己实行"直击"。我因为不存在"我执"，绝不回应。在佛教看来，种种攻击起自于世间"业"的负面积累，任何针锋相对的直接回应都是在增添"我执"，亦即增添负面积累，而且必然双向叠加，没完没了。试想，如果要回应，怎么回应？无非是依据着某些"事实"，某些"结论"，某些"民意"，某些"舆情"。但在佛教看来，这一切都极不可靠。即便一时看似可靠，也都属于"空相"，时时有可能变动和逆反，时时有可能转型和消失。因此，不如"毋应"，也就是"无辩"、"无回"、"无答"、"无表情"。

不做回应、不做辩驳，很可能让进攻者更加肆无忌惮，让旁观者信以为真。但是，这不应该成为自己卷袖伸拳的理由。即便证明了"我"的清白和强大，那又有什么意义？还是回到这个老问题："我"是什么？因此，大家都看到了，我只要遭受国内媒体大规模的诽谤，总是立即启程到国外，演讲中华文化的正面力量。事实证明，佛教让我免除了大量无谓之耗，让世间免除了不少纷争的噪音，这也就使负面积累转化成了正面积累。

接着说说今后修行的目标，三个"少"。这三个"少"，很难做到，我试过多次，仍常常失足，因此还须继续努力。

一是"少分"。

分，就是佛教所反对的分别心，亦即种种人为的划界和区分。我发现，自己虽然对此早有警惕，却限于惯常思维、学术需要，仍然未能彻底摆脱。我们总是习惯于在写作和演讲中论述地域之分、民族之异、文化之界、国家之别、主义之争、学派之峙，即使比别人淡化，也无法消融，因为这是我们接受教育的基础。

在佛教看来，世间一切人为的纷扰、分裂、战争，都由此而起。其实，看似清晰的差异都是空相，看似明确的界限都是空相，当然，看似激烈的斗争也都是空相。以佛教的认知，一切以集体方式出现的阶级斗争、民族斗争都没有夸张的理由，一切以个人方式出现的胜负竞争、尔虞我诈都只能导致共衰，一切以运动方式出现的检举揭发、互相整人更是中国沉疴，不应鼓励。但是，在目前这个全民都在比赛输赢、表演正义的社会气氛中，要道破这一点会遇到很多困难。

我曾经在联合国发布首份有关文化的"世界报告"的第一天，与联合国教科文组织总干事发表对话，系统反驳美国哈佛大学教授亨廷顿先生提出的"文明冲突论"，认为这种站在西方主体立场上的文明之"分"，只会加剧冲突，增加分裂，而目前国际社会最需要的，是跨界合作、无界融汇。这次论述，是我的"少分"思维的一个郑重展示，今后还应继续。

不管外界如何翻江倒海，我在今后的修行中，应该尽力消除社会上一切"勘边划界"的观念，哪怕它们总是打着民族主义、国家主义、地域主义、民粹主义和其他许多西方主义和东方主义的大旗。各种强化差异、强化区分、强化自卫、强化争斗的想法，也许都能找到自己的学理依据，却不能被佛教许诺。因此，也不应被今后的我许诺。一时消除不了，那就减少吧，是为"少分"。

二是"少忆"。

忆，也就是回忆、追思。大多是强化时间序列，拉入先祖坐标，加重历史话语。这一切似乎都很好，却得不到佛教首肯。

佛教主张当下，着眼此刻，关照现今，而不喜欢时间的侵入、历史的霸道、遗产的作态、传统的强加。

我以前在历史研究中，已经重视古今之通而看淡前后之别，已经珍惜千古诗魂而冷漠断代之学，但是，很多时候也不得不屈从专业陈趣、学术癖好而匍匐于时间的魔杖之下。

有着漫长历史的佛教从不自炫漫长，而总是急切地呼吁"当下"。这个事实才让我一次次反思，自叹修行之浅。确实，即便是我们倾注巨大学术力量的所谓"历史真相"，说到底也是疑点重重的空相，不存在永久执守的理由。例如，我每次在阅读"文革历史"的各种文本时,总是更加感到佛教的英明,因为"文革"我亲自经历并付出过全家的血泪代价,但是那么多历史文本所写内容,与我的亲身感受全然不同。错在何人?最后憬悟,错在我们对历史的过度依赖,也就是我们对时间的"无明"。但《心经》说了,连"无明"也说不上,更无所谓"无明"的断灭。既然这样,那也就盼不来"有明"的一天。与其如此,不如挥去时间。再也不要像一个自恃通晓历史的长辈那样老是喜欢给年轻人谈古说往了,应该把一切文化注意力都集中在当下,而且是不受过去干涉的当下。

就连写作了皇皇巨著《历史哲学》的德国哲学家黑格尔都无奈地说:"人类从历史中学到的唯一教训,就是无法从历史上学到任何教训。"黑格尔不太懂佛教,但他的这个判断,却已近佛。而我们身处佛教鼎盛的中国,却总是那么热衷"历史真相"、"历史教训"等等。其实细细一想,历史的重压,扭曲了多少活生生的今天。时间本可以穿越,当下才是重心。

且把"记忆"换成"良知",把"沧桑感"换成"菩提心"。来什么就接受什么,不必问来历,不必算因果,不必查恩怨,立即以"无缘大慈,同体大悲"的大爱之心处置,这便是大雄之行。

三是"少冀"。

冀是希望，是企盼，是对自己将来的幻想，是对尚未发生的一切的期许。这一些，看起来又都是正面能量，其实在佛教看来，带有不少"颠倒梦想"的成分，也应该看破、看空。前面所说的"少忆"，是为了不让过去干扰当下；这里所说的"少冀"，是为了不让将来干扰当下。

任何希望、企盼、幻想、期许，都在空相之列。由于它们还没有发生，因此比之于历史的讲述，更是"空中之空"。这些"空中之空"，最容易造成不同希望的冲撞，几种企盼的缠绕，多重梦想的破灭，最终信用的流失，结果造成最严重的人生之苦。

"少冀"，也来自于"无常"、"无我"的原理。既然"无常"，就不应该对"常"有太多的寄托和热望；既然"无我"，就不应该让"我"有太多的延伸和扩充。只有一个例外，那就是在"度人"的时候要提供"彼岸向往"，并指引路线。这是因为，要度之人数量巨大，不能不呈现一种集体愿景。一切为天下众生的前途所做的努力，都应该加以鼓励，因此我提出的是"少冀"，而不是"灭冀"、"无冀"。减去"一己之冀"，仅留"众生之冀"，而在"众生之冀"中也要减去玄泛之冀、僵滞之冀、作态之冀、互扰之冀，这便是"少冀"。

可惜，现代的佛教朝拜者，总是带着太多的"一己之冀"。

他们躬身跪拜，总是在向佛祖索讨更多的利益和前程，为自己，为家庭。这种索讨，正好与佛理南辕北辙。

当然，宽容的佛教并不反对人世间各种无损他人的正面之冀，但修行者应该明白，对这种正面之冀，仍然不能执着。无常的世界日日变动，一旦执着就会不断敏感、担忧、沮丧、失望、失态。

以前总认为，没有企盼就没有志向。对此，我在几场灾难中产生了根本的转变。例如，汶川地震发生后，我到了现场，却发现平日天天的报刊传媒间大谈中国前途、文化目标、文明得失的"公众知识分子"，几乎一个也没有到达，也没有提供像样的捐款。他们只是在千里之外高谈阔论、指手画脚。而真正在第一线紧张救助的人，却都不做任何痴想，甚至也不预计余震什么时候会再度发生，只是当余震果然再度发生时，立即上前抢救。我想，佛教要我们成为这样的救援者，只是勇敢地面对当下发生的一切，而不要成为前一种似乎志向高远的"公众知识分子"。

人间灾难多多，而且毫无规律。路边正有老人跌倒，街头正有小孩迷路，我们不能置若罔闻，夹书深思，而应该停步弯腰，切实帮助。宁肯放弃企盼，放弃志向，也不放弃眼下偶然发生的危难。

早就发现，人世间特别喜欢张罗的计划、方略、步骤、畅想、蓝图等等，佛教都看得又轻又淡，它不愿意以这些"常欺之门"欺人，就像不让车辆在"事故多发地段"出事。一个修行者如果在佛的光照下真正成熟，那就应该少讲无常的未来，只看眼下的"自在状态"，那就叫"观自在"。

能够真正"观自在"，那就已经是真正的"菩萨道"。请看，《心经》开头的五字主语就是："观自在菩萨"。

其实，我们平日在很多庙宇、石窟中见到的菩萨造像，也都是这样的神貌：不在乎外界，不在乎信息，不在乎区别，不在乎历史，不在乎未来，不在乎争斗，不在乎挑战，不在乎任何外在的形态和内在的执着。看似安静到极点，超脱到极点，却是一见苦难就敏捷救助，被人们称为"救苦救难观世音菩萨"。

千年风华皆看空，万般名物全看破。有了自如、自由、自在之心，才有可能及时发现和处理一切不测和灾祸，化解种种恐惧和苦厄，度化世间迷惘众生，一起解脱。

我们，也有可能这样。

甲午春日

岁月之味

说明：在领略了"君子之道"的各个方面之后，我很想让当代中国愿意做君子的年轻人，获得更充分的国际视野。特别应该了解一下国外思想家和艺术家如何看待人生，如何看待岁月，如何看待死亡。中华民族和其他民族，理应秉承全人类的共通价值和终极关怀，互相观照，互相对比，互相滋养。于是，有了本篇《岁月之味》和下一篇《临终之教》。

一、年龄的季节

　　至今记得初读比利时作家梅特林克《卑微者的财宝》时受到的震动。梅特林克认为，一个人突然在镜前发现了自己的第一根白发，其间所蕴含的悲剧性，远远超过莎士比亚式的决斗、毒药和暗杀。

　　这种说法是不是有点儿危言耸听？开始我深表怀疑，但在想了两天之后终于领悟。第一根白发人人都会遇到，谁也无法讳避。因此，这个悲剧似小实大，简直是天网恢恢、疏而不漏。

而决斗、毒药和暗杀，只是偶发性事件。这种偶发性事件能快速置人于死地，但第一根白发却把生命的起点和终点连成了一条绵长的逻辑线，人生的任何一段都与它相连。

人生的过程少不了要参与外在的事功，但再显赫的事功也不应导致本末倒置，忽略了人生的本真。莱辛说，一位女皇真正动人之处，是她隐约在堂皇政务后面那个作为女儿、妻子或母亲的身份。因此莱辛认为一个艺术家的水平高低，就看他能否直取这种身份。狄德罗则说，一位老人巨大的历史功绩，在审美价值上还不及他与夫人临终前的默默拥抱。

其实岂止在艺术中，在普遍的人际交往中又何尝不是如此？在我看来，一个自觉自明的人，也就是把握住了人生本味的人。

因此，谁也不要躲避和掩盖一些最质朴、最自然的人生课题，如年龄问题。再高的职位，再多的财富，再大的灾难，比之于韶华流逝、岁月沧桑、长幼对视、生死交错，都成了皮相。北雁长鸣，年迈的帝王和年迈的乞丐一起都听到了；寒山扫墓，长辈的泪滴和晚辈的泪滴却有不同的重量。

也许你学业精进、少年老成，早早地跻身醇儒之列，或统领着很大的局面，这常被视为"成功"。但这很可能带来一种损失——失落了不少有关青春的体验。你过早地选择了枯燥和庄严，艰涩和刻板，就这么提前走进了中年。

也许你保养有方、驻颜有术，如此高龄还是一派中年人的节奏和体态，每每引得无数同龄人的羡慕和赞叹。但在享受这种超常健康的时候应该留有余地，因为进入老年也是一种美好的况味。何必吃力地搬种夏天的繁枝，来遮盖晚秋的云天。

什么季节观什么景，什么时令赏什么花，这才完整和自然。如果故意地大颠大倒，就会把两头的况味都损害了。"暖冬"和"寒春"都不是正常的天象。

这儿正好引用古罗马西塞罗的一段话：

> 一生的进程是确定的，自然的道路是唯一的，而且是单向的。人生每个阶段都被赋予了适当的特点：童年的孱弱、青年的剽悍、中年的持重、老年的成熟，所有这些都是自然而然的，按照各自特性属于相应的生命时期。

真正的人生大题目就在这里。

为了解释人生况味，我曾在早年的一部学术著作中简略地提到过一些与年龄有关的外国故事。几十年过去，自己对人生的感受也已大大加深，因此这些外国故事也就有了重新阐述的可能。

二、一个美国故事

这是一个真实的故事，刊登在美国的报纸上。

一位学社会学的女学生，大学毕业后做了一次有趣的社会测试，调查老人的社会境遇。她化装成一个步履蹒跚的老妇人，走在街头，走入商店，走进会场，仔细观察人们对自己的态度，一一记录下来。第二天，她卸除化装，露出自己年轻美丽的本来面目，再到昨天去过的那些地方，重新走一次，进行对比。

对比有点儿可怕。她终于明白平日街头遇到的那么多微笑，大多是冲着她的年轻美丽而来。而当她装扮成了老妇人，微笑的世界轰然消失。

"老妇人"跌跌撞撞地走进一家药店，这总该是一个最需要医药援助的形象吧，但药店的那个男营业员神情漠然。男营业员的殷勤，十分夸张地出现于第二天。

"老妇人"还摸进了一个"老人问题研讨会"。发言者的观点且不去说它，就连会场的服务生，也只瞟了她一眼，懒得把别人面前都有的茶水端来。

实例非常丰富，写一篇论文早已绰绰有余，但女学生的情感受不住了。那天，她依然是老妇人装扮，经受种种冷遇后十分疲惫，坐在街心花园的长椅上休息，沮丧地打量着这个熙熙攘攘的世界。长椅的另一端，坐着一位与她的装扮年龄差不多的老汉。老汉凑过来说话，没谈几句，已开始暗示：实在太寂寞了，有没有可能一起过日子……

怕老汉得知真相后伤心，她找了个借口离开长椅，向不远处的海滩走去。

海滩上，有一群小孩在玩耍。见到老妇人，小孩们就像一群小鸟一般飞来，齐声喊着"老奶奶"，拉着她在沙滩上坐下，叽叽喳喳地问这问那。

这篇报道说，就在这时，这位已经搞不清自己是什么年龄的社会学研究者，终于流下了热泪。

读了这篇报道，我想了很久。

我猜想不少作家如果要写这个题材，一定会非常生动地写出装扮前后的种种有趣细节。用第一人称写，感觉也许更好。社会学者对某些艺术细节总是不太在意的，例如那篇报道中曾经提到，她在装扮老妇人时困难的不是衣着面容，而是身材。她好像是找了一幅长布把自己的身材捆紧后才勉强解决问题的，其实此间可描写的内容甚多，越琐碎越有味。

至于她在大街上的遭遇，艺术的眼光与社会学的眼光也是有差异的。作家们也许会让她见到几个平日的熟人，她故意地去招惹他们看能不能认出来，结果识破了朋友们的很多真相。更聪明一点儿的作家则会让她走着走着果真转化成了老妇人的心态，到卸了装都转不回来，即使转回来了，还有大量的残留，如此等等，都可想象。

但是，我的兴趣不在这儿，而在于街心花园的长椅，小孩嬉戏的海滩。

先说长椅。两个老人，一男一女，一真一假，并肩而坐。肩与肩之间，隔着人生的万水千山。老汉快速地点燃起了感情，除了寂寞之外，还有原因，我猜是由于她那年轻的眼神。他对这种眼神没有怀疑，因为老人的回忆都是年轻的，但是，年岁毕竟使回忆变成了飘忽不定的梦幻，当梦幻突然成真，他岂有不想一把抓住的道理？

他很莽撞，连她的情况都来不及细问。他早已懂得，年老是一个差不多的命题，不问也大同小异，这位老妇人孤身一人悲怆独坐，已经坦示他想知道的基本隐秘。有人说，老人动情，就像老宅起火，火势快速，难以扑救。

这场大火腾起于街心公园的长椅上，行色匆匆的路人谁也没有看到。大家都遗弃了这个角落，遗弃得无情无义，却又合情合理。

那些忙碌的街道是城市的动脉，不能不投入生命的搏斗。

忙碌者都是老人们的子弟，是老人们把他们放置到战场上的，他们也是无可奈何的一群。他们的肩上有太多的重担，他们的周围有太多的催逼，如果都把他们驱赶到老人膝下来奉承照拂，社会的活力从哪里来？

街心公园的长椅，这批去了那批来，永远成不了社会的中心，因此，老人的寂寞就如同老人的衰弱，无可避免。这有点儿残酷，但这种残酷属于整个人类。

女学生借口离去了，不管什么借口，最终的结果都是一样，一场大火变成了一堆灰烬，保留着凄楚的余温，保留着边上的空位。

再说海滩。她刚刚告别老人，走到了孩子们中间，孩子们热烈欢迎她这位假老人。人生的起点和终点，就此紧紧拥抱。她流泪了，我想，主要是由于获得了一种意料之外的巨大安慰。

她的眼泪也可能包含着艰涩的困惑：大街上那些漠视老人的青年人和中年人，不管是药店的营业员还是"老人问题研讨会"的服务生，他们也都曾经是天真无邪的海滩少年。而且迟早，又都必然安坐到街心公园的长椅上。是什么力量，使他们麻利地斩断了人生的前因和后果，变得如此势利和浅薄？

如果这个困惑确实产生了，那么，她会长久地注视着孩子们的小脸出神。这些小脸上的天真无邪，居然都是短暂的？她又会回想起刚才邂逅的老人，他是不是也在为中年时的势利行为而忏悔？

在这一系列疑问面前，人与人之间已无所谓单纯的清浊、强弱、枯荣，大家都变成了一个自然过程，渐次分担着不同的基调。

每一个基调间互为因果又互相惩罚，互相陌生又互相嘲弄，断断续续地组接成所谓人生。

这位年轻的社会调查者辛辛苦苦地装扮出行，原是为了写出一个调查报告，但有了长椅和海滩，社会学也就上升到了人类学、哲学和美学。

且把长椅和海滩提炼一下，让它们有点儿象征意义。人们如果不是因年龄所迫，偶尔走出街市，在长椅上坐坐，在海滩上走走，就有可能成为人生的觉悟者。

三、一个法国故事

说起中年，不能不提起法国的一个戏剧故事，我在《艺术创造论》里分析过。当然，这个故事是一个艺术虚构。

这个故事的作者是法国现代作家让·阿努伊，写作时间是一九四四年，故事取材于古希腊的悲剧《安提戈涅》。

在我印象中,《安提戈涅》是黑格尔最满意的一出悲剧,因为它成功地表现了冲突双方的充分理由和各持片面,无简单的善恶利钝可言。善恶利钝可以趋之避之,而各执理由的正当立场之间的不可调和,却是一种无法逃遁的必然。

古希腊的《安提戈涅》写了国家伦理和血缘伦理之间各执理由的冲突,国家伦理的代表是国王克瑞翁,血缘伦理的代表是姑娘安提戈涅。国王宣判一位已死的青年犯有叛国罪,不准下葬;姑娘是这位青年的妹妹,又恰恰是国王未过门的儿媳妇,她当然要为哥哥下葬,于是产生一系列的悲剧。悲剧到最后,不仅这位姑娘在监禁中自尽,而且国王的儿子因痛失未婚妻而自尽,国王的妻子因痛失爱子而自尽。满台尸体,怪谁呢?

怪国王?但他只是在奉行国家伦理的起码原则而已,否则怎么称得上国王?怪那位可怜的姑娘?更不能,她只是在尽一个妹妹的责任罢了,否则怎么对得起天伦亲缘?

这种悲剧也可称之为"无责任者悲剧",与我们一般看到的善恶悲剧相比,高了好几个美学等级。大善大恶未必经常遇到,而"无责任者悲剧"则与人人有关。

但是,虽然《安提戈涅》抵达了这个等级,而它所依附的故事和观念却明显地带有罕见性。国王、王后、王子、叛国罪之类,与国家伦理、血缘伦理拌和在一起,组成了一个遥远而陌生的世界，缺少与广大民众的亲和性。这正是两千多年后阿努伊要对它做一次大修改的原因所在。

以现代观念改编经典的做法并不少见，但像阿努伊那样取得国际上广泛好评的改编却不多。那么，阿努伊究竟是怎样动手的呢？我看主要是两点——

第一，把国王和姑娘这两个人，从身份定位转化成性格定位。不再是国家伦理和血缘伦理的冲突，而是随波逐流和敢作敢为这两种性格特征的冲突。随波逐流的是国王，敢作敢为的是姑娘。国王本不想做国王，万不得已做了，又无可奈何地每天做着自己也不想做的事；姑娘正相反，敢于执掌自己的命运和意志，选择明确，敢作敢为。他们两人有很长的争论，都是关于如何做人。

第二，把这两种性格特征，又归之于年龄原因。敢作敢为的姑娘几乎还是少年，有少年的一切特征，连去埋葬哥哥尸体的铲子都是儿童的玩具铲子；相反，随波逐流的国王则是中年人，说得出中年人不得不随波逐流的千百条理由。说出了那么多理由也深知自己的无聊和悲哀，因此争论归争论，还是要悄悄对自己的年轻侍从说："小家伙，永远别长大！"

于是，阿努伊就在这个故事中探讨起了人生的常规走向。天下每个人都曾经敢作敢为，但又都会告别少年，渐渐地随波逐流。那么，你身上还剩下几分"姑娘"？已滋长多少"国王"？每个人天天都在进行着这样的比例衡定。

对于这个问题，不应该做简单的是非衡定。并不是"姑娘"皆好，"国王"皆坏；也不是少年皆好，中年皆坏。如果这样简单，一切又都回到了浅薄。这里出现了新的两难：两边仍然都有理由，两边仍然都是片面。能把敢作敢为和随波逐流两者合在一起取个中间数吗？不能，因为这不是静态片断而是动态过程，动态是由两种相反的力拉动的，就像拔河比赛，无法调和。

结果，全部情景就像阿努伊笔下那样，姑娘在玩具世界中打着呵欠起身，敢作敢为，稚气可掬，又处处碰壁。慢慢，随着岁月的推移克服了稚气，圆熟通达，随波逐流，事事妥协……一个古典悲剧就这样变成了一个现代悲剧，一个最具有普遍性的悲剧。

整整两千多年，好不容易绕到了现代，却绕出了如此朴拙的年龄问题，一个在前人看来简直是不成问题的问题。

那么多宏大的题材为之黯然失色，那么多慷慨的陈词为之风流云散，剩下的只是最简单的本真。

唯有这个本真，人类找到了在苍茫暮色中回家的心情。从万人垂泪的大悲剧中回家，从柏拉图和亚里士多德身边回家。

有关年龄的话题，是自然对人类的注定，人类能做的反抗幅度很小，整体上无可奈何。但是，有时人类也会以自己的精神逻辑嘲谑一下自然逻辑。

这样的嘲谑在文艺作品中不少，此处还可以举一个简单的例子。

四、一个俄国故事

这个俄国故事看起来很寻常：

一个早就离了婚的中年男子和一个年龄仿佛的独身女子一见钟情，但这个独身女子其实是有丈夫的，那是一个关在监狱里的醉鬼。由于这个醉鬼的隐约存在，男女双方都受到了一种爱情之外的道德约束，未能继续靠近。

如果仅仅这样，那就是一个太一般的故事，并不深刻。但是，它还是让人微微震颤了，由于它超常的平静。男女主角其实早已做出判断，对方是自己一生中的"唯一"，但他们只表达了这个判断，并没有多大激动。这是为什么呢？

他们好像早就料到，唯一最适合自己的人会在这个时候、这个地方出现。也就是说，必然出现在已经没有希望了的时候和地方。

人类最喜欢赞美的是初恋，但在那个介乎少年和青年之间的尴尬年岁，连自己是谁还没有搞清，怎么可能完成一种关及终身的情感选择？因此，那种选择基本上是不正确的。人类明知如此，却不吝赞美，赞美那种因为不正确而必然导致的两相糟践。

在这种赞美和糟践中，人们会渐渐成熟，结识各种异性。大抵在中年，终于会发现那个"唯一"的出现。但这种发现多半已经没有意义，因为他们肩上压着无法卸除的重担，再准确的发现往往也无法实现。

既然无法实现，就不要太在乎发现。即使是"唯一"，也只能淡然颔首、随手挥别。此间情景，只要能平静地表述出来，也已经是人类对自身的嘲谑。

更大的嘲谑是年龄的错位。为什么把择定终身的职责，交付给半懂不懂的年岁？为什么把成熟的眼光，延误地出现在早已收获过了的荒原？只要人类存在，大概永远也逆转不了这种错位，因此这种嘲谑几乎找不到摆脱的彼岸。

由此可见，仅年龄一端，人生的况味也可品咂得难以言表。我认为很多作家躲开这个问题不是由于疏忽，而是由于害怕。

人类这个共同陷阱的井口看似平常，但伸头一看却深不可测。阴冷的水汽带出了大地掩藏着的重重怪异，晃荡的井水居然还照出了自己的面影。有多少人愿意长久地逼视那个变了形的自己呢？只能赶快走开。

是啊，人生的许多问题不能太往深里想。你看，把年龄问题稍稍想深一点儿，就引发出了对生命程序的整体嘲谑。可见，人生的问题只可做泛论而不能深究。永远的启蒙调教，永远的浅尝辄止。对人生的过度深究会造成人们群体性的"反刍效应"和"恶心效应"，从心理上加剧人类遇到的危机。

因此，只能回归泛论。

五、青年的陷阱

上面几个外国故事，都揭示了人生的重大悖论。这些悖论很难找到解决的方法，因此人生在本质上是一个悲剧。

经常听到一些人得意扬扬地宣称，他们的人生充满快乐，而且已经找到快乐和幸福的秘方。很多传媒、书籍也总是在做这方面的文章。浅薄的嬉闹主义，已经严重地渗透到我们的文化机体。这就像在饮食中糖分摄入过度，种下了一系列致命的病根。

我在审美心理学的研究中早已得出结论：在审美视角上，喜剧出自于对生活的俯视，正剧出自于对生活的平视，悲剧出自于对生活的仰视。只有那些"似喜实悲"的作品，兼具多重视角。

这也就是说，一切欢乐的宣言、嬉闹的作品，对生活的态度是俯视的，居高临下的。嬉闹作品中那些喜剧角色为什么被观众嘲笑？因为他们的水平都低于观众，观众在"看破"他们的同时，享受着自己的聪明。

相反，一切悲剧的情怀、悖逆的思维、无解的迷惘，都是因为仰视。茫茫天宇永远笼罩着毁灭的气氛，少数壮士却在扶助其他生命，这就是伟大和崇高的踪影。

因此，我们不要嘲谑这几个外国故事的悲剧色彩、无解状态。它们拒绝对人生进行轻薄的读解，廉价的鼓励，而是坦诚地挖掘出了其中一层又一层的苦涩之味，指点出了其中一个又一个的重大陷阱。

如果中国读者不习惯这种深度，那么，责任不在于故事的作者。

在人生诸多重大陷阱中，哪一个阶段的陷阱最大，最险，最关及长远，最难于弥补？

这几个故事不约而同地指出：青年时代。

但是，在现实生活中，我们听到的，都是对青年时代的赞美。什么朝气蓬勃、意气风发、风华正茂、英姿飒爽……滔滔不绝。

我认为，这事在中国，有特殊的文化原因。中国传统文化立足于"家族传代伦理",表面上虽然十分讲究孝道,但立即又跟上一个最重大的阐释:"不孝有三,无后为大。"这就是说,孝道的终点是传宗接代。家族与家族之间的比较、纷争、嫉妒、报复,都与子孙的状态有关。祖业的荣衰存废,也都投注给了青年。因此,赞美青年,也等于赞美整个家族、全部祖业。即便表面上还"训导严正",实际上,千年传代气氛的核心,就是赞美中的期盼,赞美中的比赛,赞美中的赌押,赞美中的显摆。赞美祖辈大多是口头上的,而赞美青年却贯串在全部眼神、笑容和梦呓之间。

为了打破这种代代承续的保守性,有些社会改革家希望把青年从一个陈旧结构中拉出来,成为除旧布新的闯将,于是也从另一个方面来赞美青年。社会改革未必成功,但那些赞美却留了下来。

比较可以原谅的,是一些老人。他们以赞美青年时代的方式,来表达自己对已逝青春的怀念,或者说,以失落者的身份追寻失落前的梦幻。

老人赞美青年时代,大多会犯一个错误,那就是断言青年时代有"无限的可能性"。其实,那是因为后悔自己当初的错误选择,就把记忆拉回到那个尚未选择定当、因此还有其他可能性的时代。但是,青年人常常读错,以为"无限的可能性"会一直跟随自己，一一变成现实。

其实我们应该诚实地告诉青年人，所有的可能性落在一个具体人物的具体时间、具体场合，立即会变成窄路一条。错选了一种可能性，也就立即失去了其他可能性。当然，今后还能重选，但在重重叠叠的社会关系和职业竞争中，那是千难万难。绝大多数青年人，会把那条窄路走下去，或者更换一条窄路，走得很辛苦。

正是在青年时代，锁定了自己的人生格局。由于锁定之时视野不够，知识不够，等级不够，对比不够，体会不够，经验不够，因此多数锁定都是错位。就像前面那个俄国故事所说的，至关重要的"初恋"发生在主人公既不认识生活，更不认识对方，也不认识自己的时代，要想不错几乎没有可能。今后能做什么？有可能改变错位，但已经要付出惊人的代价，因此很多人常常延续错位，最多只是争取不要错得过于离谱罢了。

本来这是严酷的事实，应该引导青年人冷静认识，逐步接受。并且告诉他们，在很难改变境遇的情况下，应该在青年时代好好地陶冶品德，锻铸人格，由此来提高一生的精神等级。今后即使过得艰难，也会是不一样的人生。但是，世间对青年的赞美习惯，冲击了这一切。

这情景就像一个锻铸场。火炉早已燃起，铸体已经烧红，正准备抢锤塑型，谁料突然山洪暴发，场内场外都涌来大量水潮。火炉熄灭了，铸体冷却了。被浑水一泡，被泥污一裹，它们再也不能成材。

这是一个比喻。青年就像那刚刚要锻铸的铁体，而滔滔不绝的赞美，就是那山洪，那浑水。锻铸过程刚刚开始，甚至还没有正式开始，就中断了。于是，这样的青年，在今后的人生长途中就"废"了。

是的，我们很少看到青年在进行着严格的品格锻铸。经常见到的，是他们在种种赞美和宠溺中成了一群"成天兴奋不已的无头苍蝇"，东冲西撞，高谈阔论，指手画脚，又浑浑噩噩，不知省悟。他们的人生前途，不言而喻。

经常听到一些长者在说："真理掌握在青年人手里。"理由呢？没有说。我总觉得，这多半是一种笼络人心的言语贿赂，既糟蹋了青年，又糟蹋了真理。

青年人应该明白，在你们出生之前，这个世界已经非常复杂、非常诡异、非常精彩地存在了很久很久。你们，还没有摸到它的边。不要说真理之门了，就是懂事之门，离你们还非常遥远。请不要高声喧哗，也不要拳打脚踢。因为这在你们以后的长途上，都会成为稳定的模式、永恒的耻辱、公众的记忆，想抹，也抹不去。

六、中年的重量

与青年不同，中年，是诸多人生责任的汇集地。

中年，不像青年那样老是受到赞美，也不像老年那样老是受到尊敬。但是，这是人生的重心所在，或用阿基米德的说法，是支点所在。

中年的主要特点，是当家。这里所说的当家，并不完全是指结婚和做官，但确实也包括在家庭内外充当"负责的主人"。

这实在很难。然后，如果你永远没有这种机会，那就称不得进入了中年，也称不得进入了人生关键部位。因此，必须千方百计，学习当家。

当家，是最后一次精神断奶。你由此成了社会结构中独立的一个点，诸力汇注，众目睽睽，不再躲闪，不可缺少。当家，使你空前强大又孤立无援，因为你已经有权决定很多重大问题，关及他人命运。

中年女子如果在当过了家庭主妇之后，再当一次社会上的"大家"，那就有可能洗刷琐屑而变得大气。中年男子当家，则会使人们产生安全感，从而形成一种稳定而可信的"被依靠风范"。

见过不少智商不低的中年文人，他们的言论常常失之于偏激，他们的情绪常常受控于谣传，他们的主张常常只图个痛快，他们的判断常常不符合实情。他们的这些毛病，阻隔了一个成熟生命与外部世界的联系，剥夺自己的一系列生命权利，非常令人不忍。如果发现他们人品不错，能力尚可，我就会建议他们，无论如何当一次家，哪怕是提任一个业务部门的经理，一个建筑工地的主管，一个居民小组的组长，都是好的。

我见过很多高谈阔论的"意见领袖"，既有学历，又有专业，但由于没有当过家，因此也没有进入真正成熟的中年。他们的特点，大多是用刻板的概念来解释生活，用简陋的分割来从事学术，用夸张的激情来挑动舆情。他们满脑子都是一条条线，一个个圈，一堆堆是非，一重重攻击，弄得别人很累，自己也累。如果他们当了家，很快就会发现，一切都交叉驳杂，一切都快速变化。他们会切实地面对各种具体现象，灵活地解决各种麻烦问题，结果，他们自己也就从烦琐走向空灵，从沉闷走向敞亮，从低能走向高能。这就是当家所带来的人生成果，可说是"当家的中年"，或说"中年的当家"。

中年人最可怕的是失去方寸。这比青年人和老年人的失态有更大的危害。中年人失去方寸的主要特征是忘记了自己的应该当家的身份。一会儿要别人像对待青年那样关爱自己，一会儿又要别人像对待老人那样尊敬自己，他永远生活在中年之外的两端。明明一个大男人却不能对稍稍大一点儿的问题做出决定，出了什么事情又逃得远远的，不敢负一点儿责任。在家里，他们训斥孩子就像顽童吵架，没有一点儿身为人父的慈爱和庄重。对妻子，他们也会轻易地倾泻出自己的精神垃圾来酿造痛苦，全然忘却自己是这座好不容易建造起来的情感楼宇的顶梁柱。甚至对年迈的父母，他们也会赌气怄气，极不公平地伤害着与自己密切相关却已走向衰弱的身影。

这也算中年人吗？真让人惭愧。

我一直认为，某个时期，某个社会，即使所有的青年人和老年人都荒唐了，只要中年人不荒唐，事情就坏不到哪里去。中年人最大的荒唐，就是忘记了自己是中年。

忘记自己是中年，可能是人生最惨重的损失。在中年，青涩的生命之果已经发育得健硕丰满，喧闹的人生搏斗已经沉淀成雍容华贵，多重的社会责任已经溶解为生活情态，矛盾的身心灵肉已经协调地把握在自己的手中。

中年总是很忙，因此中年也总是过得飞快。来不及自我欣赏，就到了老年。匆忙中的中年之美，由生命自身灌溉，因此即便在无意间也总是体现得真实和完满。失去了中年之美，紧绷绷地延期穿着少女健美服，或者沙哑哑地提早打起了老年权威腔，实在太不值得。作弄自己倒也罢了，活生生造成了自然生态的颠倒和浪费，真不应该。

七、老年的诗化

终于到了老年。

老年是如诗的年岁。这种说法不是为了奉承长辈。

中年太实际、太繁忙，在整体上算不得诗。青年时代常常被诗化，但青年时代的诗太多激情而缺少意境，而缺少意境就算不得好诗。

只有到了老年，沉重的人生使命已经卸除，生活的甘苦也大体了然，万丈红尘移到了远处，宁静下来了的周际环境和逐渐放慢了的生命节奏，构成了一种总结性、归纳性的轻微和声。于是，诗的意境出现了。

除了部分命苦的老人，在一般情况下，老年岁月总是比较悠闲。老年，有可能超越功利面对自然，更有可能打开心扉纵情回忆，而这一切，都带有诗和文学的意味。老年人可能不会写诗，却以诗的方式生存着。看街市忙碌，看后辈来去，看庭花凋零，看春草又绿，而思绪则时断时续、时喜时悲、时真时幻。

当然，他们也会产生越来越多的生理障碍。但是，即便障碍也有可能构成一种特别深厚的审美形态，就像我们面对枝干斑驳的老树，老树上的枯藤残叶在夕阳下微笑一般。

我想，对老年人最大的不恭，是故意讳言他的老。好像老有什么错，丢了什么丑。一见面都说"不老，不老"，这真让老人委屈。

既然"不老"，那就要老人们继续站在第一线了。中国的儒家传统又提供了"以老为上"的价值坐标，使很多老人在退休之后仍占据着很大的决定权、最后的裁决权。这种与实际工作能力已经脱节的权力，反而会把老人折腾得失控、失态，成为社会的一个负担。

对此，我曾有过切身体验。很多年前，在上海的一次创作活动中，我们像很多中国人一样，不必要地延请了一位已经没有参加能力的老人挂名，并且处处给予过分的尊重。这使老人产生了某种错乱，拿着一些小事大发雷霆。其他不知内情的老人出于年龄上的移情和敏感，也以为他受了中年人的欺侮，纷纷支援。结果，大家都不知道如何来收拾这一场"银发闹剧"。就在这时，一位比他们更老的长者黄佐临先生站出来了，三言两语就平息了事端。

黄佐临先生以自己的"高龄特权"，制服了比他低几层的"高龄特权"，真可谓"以物克物，以老降老"。我在这一事件中，第一次惊叹高龄的神奇魅力。月白风清间，一双即将握别世界的手，指点了一种诗化的神圣。

从这个意义上说，老人，有可能保持永久的优势，直到他们生命终了。

　　谈老年，避不开死亡的问题。

　　不少人把死亡看成是人生哲学中最大的问题，是解开生命之谜的钥匙，此处不做评述。我感兴趣的只是，有没有可能让死亡也走向诗化？

　　年迈的曹禺照着镜子说，上帝先让人们丑陋，然后使他们不再惧怕死亡。这种说法非常机智，却过于悲凉。

　　见一位老人在报刊上幽默地发表遗嘱，说自己死后只希望三位牌友聚集在厕所里，把骨灰向着抽水马桶倾倒，一按水阀，三声大笑。这是一种潇洒，但潇洒得过于彻底，实在是贬低了生命之尊。

　　我喜欢罗素的一个比喻。仅仅一个比喻就把死亡的诗化意义挖掘出来了，挖掘得合情合理，不包含任何廉价的宽慰。

　　罗素说，生命是一条江，发源于远处，蜿蜒于大地，上游是青年时代，中游是中年时代，下游是老年时代。上游狭窄而湍急，下游宽阔而平静。什么是死亡？死亡就是江河入大海，大海接纳了江河，又结束了江河。

　　真是说得不错，让人心旷神怡。

　　涛声隐隐，群鸥翱翔。

　　一个真正诗化了的年岁。

临终之教

一、中国式的遗憾

有一个问题百思不得其解：人人都在苦恼人生，但是谁也不愿意多谈人生。为什么？

想来想去，我觉得有两个原因：

一、人生的课题与每个人有关，却不是一个专业，因此也没有专家。随口一谈就像是专家了，有冒充之嫌。

二、有能力谈的人一定还活着，而人生课题的焦点却在最后的时刻。未及焦点，谈之浅矣。

我曾设想过，有资格谈论人生的人，一定是一个临终者，而他的思维等级和表述等级又足以让人信任。

这样的人当然不少，但在中国，他们失去了谈论的权利。

原因是，按照中国民间的习惯，不允许临终者平静地说很多话。只有忙碌抢救，一片呼喊，一片哭声。

模式化的临终，模式化的送别，剥夺了太多的珍贵。按照不少人的说法，这是中国亲情伦理的最终爆发方式。但在我看来，也可能是最终遗憾之处。

在病房杂乱的脚步声中，老人浑浊的双眼是否突然一亮，想讲一些超越实际事务的话语？一定有过的，但身边的子女和护理人员完全不会在意。

老人的衰弱给了子女一种假象，以为一切肢体的衰弱必然伴随着思维的衰弱。其实，老人在与死亡近距离对峙的时候很可能会有超常的思维迸发，这种迸发集中了他一生的热量又提纯为青蓝色的烟霞，飘忽如缕、断断续续，却极其珍贵。

人们只是在挽救着他们衰弱的肢体，而不知道还有更重要的挽救。多少父母临终前对子女的最大抱怨，也许正是在一片哭声、喊声中没有留出一点儿安静让他们把那些最后感悟说完。

也有少数临终老人，因身份重要而会面对一群宁静的聆听者和记录者。他们的遗言留于世间，大家都能读到，但多数属于对功过的总结，对事业的安排，却不以人生为焦点。死亡对他们来说，只是一项事业的中断。生命乐章在尾声处，并没有以生命本身来演奏。

凡此种种，都难以弥补。

于是，冥冥中，大家都在期待着另一个老人。

他不太重要，不必在临终之时承担太多的外界使命；

他应该很智慧，有能力在生命的绝壁上居高临下地来俯视众生；

他应该很了解世俗社会，可以使自己的最终评判产生广泛的针对性；

他，我硬着心肠说，临终前最好不要有太多子女围绕，使他有可能系统有序地说完自己想说的话，就像一个教师在课堂里一样……

那么对了，这位老人最好是教师，即使在弥留之际也保留着表述能力。听讲者，最好是他过去的学生。

这种期待，来自多重逻辑推衍，似乎很难实现。但他果然出现了，不是出现在中国，而是出现在美国，出现后又立即消失。一切与我们的期待契合。

对我来说，他的出现，可以一补多年来一直挂怀于心的中国式的遗憾。

他叫莫里·施瓦茨，社会学教授，职业和专业与我们的期待简直天衣无缝。他已年迈，患了绝症，受一家电视台的"夜线"节目采访，被他十六年前的一位学生，当今的作家、记者米奇·阿尔博姆偶尔看到。学生匆匆赶来看望即将离世的老师，而老师则宣布要给这位学生上最后一门课，每星期一次，时间是星期二。这样的课程没有一位学生会拒绝，于是，每星期二，这位学生坐飞机飞行七百英里，赶到病床前去上课。

这门课讲授了十四个星期，最后一课则是葬礼。老师谢世后，这位学生把听课笔记整理了一下交付出版，题目就叫"相约星期二"。这本书引起了全美国的轰动，连续四十四周名列美国图书畅销排行榜。

看来，像我一样期待着的人实在不少，而且不分国籍。因此，我要把它推荐给中国读者。

二、与生活讲和

翻阅这份听课笔记时我还留有一点儿担心，生怕这位叫莫里的老人在最后的课程中出现一种装扮。病危老人的任何装扮，不管是稍稍夸张了危急，还是稍稍夸张了乐观，都是可以理解的，但又最容易让人不安。

莫里老人没有掩饰自己的衰弱和病况。学生米奇去听课时，需要先与理疗师一起拍打他的背部，而且要拍得很重。目的是要拍打出肺部的毒物，以免肺部因毒物而硬化，不能呼吸。请想一想，学生用拳头一下一下重重地叩击着病危老师裸露的背，这种用拳头砸出最后课程的情景是触目惊心的。没想到被砸的老师喘着气说："我……早就知道……你想……打我……"

学生接过老师的幽默，说："谁叫你在大学二年级时给了我一个 B！再来一下重的！"

——读到这样的记述，我就放心了。莫里老人的心态太健康了，最后的课程正是这种健康心态的产物。

他几乎是逼视着自己的肌体如何一部分一部分衰亡的，今天到哪儿，明天到哪儿，步步为营，逐段摧毁。这比快速死亡要残酷得多，简直能把人逼疯。然而莫里老人是怎样面对的呢？

他说，我的时间已经到头了，自然界对我的吸引力就像我第一次看见它时那样强烈。

他觉得也终于有了一次充分感受身体的机会，而以前却一直没有这么做。

对于别人的照顾，开始他觉得不便，特别是作为一位绅士，最不愿意接受那种暴露和照顾。但很快，又释然了。他说：

> 我感觉到了依赖别人的乐趣。现在当他们替我翻身、在我背上涂擦防止长疮的乳霜时，我感到是一种享受。当他们替我擦脸或按摩腿部时，我同样觉得很受用。我会闭上眼睛陶醉在其中。一切都显得习以为常了。
>
> 这就像回到了婴儿期。有人给你洗澡，有人抱你，

有人替你擦洗。我们都有过当孩子的经历，它留在了你的大脑深处。对我而言，这只是在重新回忆起儿时的那份乐趣罢了。

这种心态足以化解一切人生悲剧。

他对学生说，有一个重要的哲理需要记住：如果拒绝衰老和病痛，一个人就不会幸福。因为衰老和病痛总会来，你为此担惊受怕，却又拒绝不了它，那还会有幸福吗？他由此得出结论：

你应该发现你现在生活中的一切美好、真实的东西。回首过去会使你产生竞争的意识，而年龄是无法竞争的。……当我应该是个孩子时，我乐于做个孩子；当我应该是个聪明的老头时，我也乐于做个聪明的老头。我乐于接受自然赋予我的一切权利。我属于任何一个年龄，直到现在的我。你能理解吗？我不会羡慕你的人生阶段——因为我也有过这个人生阶段。

这真是一门深刻的大课了。环顾我们四周，有的青年人或漠视青春，或炫耀强壮；有的中年人或揽镜自悲，或扮演老成；有的老年人或忌讳年龄，或倚老卖老……实在都有点儿可怜，都应该来听听莫里老人的最后课程。

特别令我感动的是，莫里老人虽然参透了这一切，但在生命的最后几天还在恭恭敬敬地体验，在体验中学习，在体验中备课。

体验什么呢？体验死亡的来临。他知道这是人生课程中躲避不开的重要一环，但在以前却无法预先备课。

就在临终前的几天，他告诉学生，做了一个梦，在过一座桥，去到一个陌生的地方。"我感觉到我已经能够去了，你能理解吗？"

当然能理解，学生安慰性地点头。但老人知道学生一定理解不深，因为还缺少体验。于是，接下来的话又是醍醐灌顶：如果早知道面对死亡可以这样平静，我们就能应付人生最困难的事情了。

"什么是人生最困难的事情？"学生问。

——与生活讲和。

一个平静而有震撼力的结论。

在死亡面前真正懂得了与生活讲和，这简直是一个充满哲理的审美现场。

莫里老人说，死亡是一种自然，人平常总觉得自己高于自然，其实只是自然的一部分罢了。那么，就在自然的怀抱里讲和吧。

讲和不是向平庸倒退，而是一种至高的境界，莫里的境界时时让大家喜悦。那天莫里设想着几天后死亡火化时的情景，突然一句玩笑把大家逗乐了："千万别把我烧过了头。"

然后，他设想自己的墓地。他希望学生有空时能去去墓地，还有什么问题尽管问。

学生说，我会去，但到时候听不见你说的话了。

莫里笑了，说："到时候，你说，我听。"

山坡上，池塘边，一个美丽的墓地。课程在继续，老师闭眼静躺，学生来了，老师早就嘱咐过：你说，我听。请说说你遇到的一切麻烦问题，我已做过提示，答案由你自己去寻找，这是课外作业。

境界，让死亡也充满韵味。

死亡，让人生归于纯净。

三、文化的误导

描画至此，我想人们已可想象这门最后课程的主要内容。

莫里老人在乐滋滋地体验死亡的时候，发现了一个重大问题。

他不希望把最后的发现留给宁静的墓地。这个最后发现，是对人类文化的告别性反思。

莫里老人认为，人类的文化和教育造成了一种错误的惯性，一代一代地误导下去，应该引起人们注意。

什么误导呢？

我们的文化不鼓励人们思考真正的大问题，而是吸引人们关注一大堆实利琐事。

上学、考试、就业、升迁、赚钱、结婚、贷款、抵押、买车、买房、装修……层层叠叠，一切都是为了活下去，而且总是企图按照世俗的标准活得像样一些。大家似乎已经很不习惯在这样的思维惯性中后退一步，审视一下自己，问：难道这就是我一生所需要的一切？

由于文化不鼓励这种后退一步的发问，因此每个人真实的需要被掩盖了。"需要"变成了"想要"，而"想要"的内容则来自于左顾右盼之后与别人的盲目比赛。

明明营养已够，但所谓"饮食文化"却把这种实际需要推到了山珍海味、极端豪华的地步；明明只求安居，但"装潢文化"却把这种需要异化为宫殿般的奢侈追求……大家都像马拉松比赛一样跑得气喘吁吁，劳累和压力远远超过了需要，也超过了享受本身。

莫里老人认为，这是文化和教育灌输的结果，他说：

　　拥有越多越好。钱越多越好。财富越多越好。商
业行为也是越多越好。越多越好。越多越好。我们，
反复地对别人这么说——别人又反复地对我们这么
说——一遍又一遍，直到人人都认为这是真理。大多
数人会受它迷惑而失去自己的判断能力。

　　莫里老人认为，这是美国教育文化的主要弊病。我想在这
一点上，我们中国人没有理由沾沾自喜，觉得弊病比他们轻。
在过去经济不景气的时代，人们想拥有物质而不可能，在权位
和虚名的追逐上也是越多越好，毫不餍足，其后果比物质追求
更坏，这是大家都看到了的；等到社会经济快速发展，原先的
追求并不减退，又快速补上物质的追求，真可以说是变本加厉，
这也是大家都看到了的。
　　莫里老人呼吁人们阻断这种全球性的文化灌输，从误导的
惯性里走出来。
　　他认为躲避这种文化灌输不是办法，实际上也躲不开。明
明躲不开还假装在躲，那就是虚伪。
　　唯一的办法是不要相信原有文化，为建立自己的文化而

努力。

但是莫里老人很温和，不想在这个问题上成为破旧立新的闯将。他说，在文化的一般准则上，我们仍然可以遵循。例如人类早已建立的交通规则、文明约定，没有必要去突破。但对于真正的大问题，例如逐渐疏远物质追逐、坚定确立对社会的责任和对他人的关爱等等，必须自己拿主意，自己做判断。不要胡乱参照他人，来代替自己的选择。

简言之，不要落入"他人的闹剧"。

临终前几天，他思考了一个人的最低需要和最高需要，发现两者首尾相衔。他与学生讨论，如果他还有完全健康的一天，他会做什么。他想来想去，最满意的安排是这样的：

> 早晨起床，进行晨练，吃一顿可口的、有甜面包卷和茶的早餐。然后去游泳，请朋友们共进午餐，我一次只请一两个，于是我们可以谈他们的家庭，谈他们的问题，谈彼此的友情。
>
> 然后我会去公园散步，看看自然的色彩，看看美丽的小鸟，尽情地享受久违的大自然。
>
> 晚上，我们一起去饭店享用上好的意大利面食，也可能是鸭子——我喜欢吃鸭子——剩下的时间就用

来跳舞。我会跟所有的人跳，直到跳得精疲力竭。然后回家，美美地睡上一个好觉。

学生听了很惊讶，连忙问："就这些？"

老人回答："就这些。"

不可能再有的一天，梦幻中的二十四小时，居然不是与意大利总统共进午餐，去海边享受奇异和奢侈！但再一想，学生明白了：这里有一切问题的答案。

如果就个人真正需要而言，一切确实不会太多。甜面包卷和茶，最多是喜欢吃鸭子，如此而已。意大利总统的午餐，奇异和奢侈，全是个人实际需要之外的事。于是，在无情地破除一系列自我异化的物态追求之后，自私变成了一种没有任何意义的无聊行为。

真正的自我在剥除虚妄后变得既本真又空灵。这样的自我不再物化，不再忙着从外部世界争夺利益向自身搬运，而只会反过来，把自身向外敞开，在自己对他人的关爱中来建立起生命的价值。

在莫里看来，既然物质的需要微不足道，那么对他人的关爱就成了验证自身生命价值的迫切需要。生命如果没有价值，也就没有存在的必要。而这种价值的最高体现，就是使很多其他生命因你而安全，而高兴，而解困。

莫里老人在最后的课程中一遍遍重申：

人生最重要的是学会如何施爱于人，并去接受爱。

爱是唯一的理性行为。

相爱，或者死亡。

没有了爱，我们便成了折断翅膀的小鸟。

莫里老人对爱的呼唤，总是强调社会的针对性：

在这个社会，人与人之间产生一种爱的关系是十分重要的，因为我们文化中的很大一部分，并没有给予你这种东西。

要有同情心，要有责任感。只要我们学会了这两点，这个世界就会美好得多。

给予他们你应该给予的东西。

把自己奉献给爱，把自己奉献给社区，把自己奉献给能够给予你目标和意义的那些创造。

我忍不住摘录了莫里老人的这么多话。读者如果联想到这些话的字字句句，全都出自一个靠着重力敲打才能呼吸的老人之口，一定也会同样珍惜。

他的这些话是说给学生米奇听的，米奇低头在本子上记录，目的是为了不让老人看到自己的眼睛。米奇的眼神一定有点儿慌乱，因为他毕业后狠命追求的东西正是老人宣布要摈弃的，而老人在努力呼吁的东西，自己却一直漠然。

老人发现了学生的神情，因此讲课变成了劝告：

> 米奇，如果你想对社会的上层炫耀自己，那就打消这个念头，他们照样看不起你。如果你想对社会底层炫耀自己，也请打消这个念头，他们只会忌妒你。身份和地位往往使你无所适从，唯有一颗坦诚的心方能使你悠悠然地面对整个社会。

说到这里，他停顿了，看了学生一眼，问："我就要死了，是吗？"学生点头。他又问："那我为什么还要去关心别人呢？难道我自己没在受罪？"

这是一个最尖锐的问题。莫里老人自己回答道：

> 我当然在受罪。但给予他人，能使我感到自己还

活着。汽车和房子不能给你这种感觉，镜子里照出的模样也不能给你这种感觉。只有当我奉献出了时间，当我使那些悲伤的人重又露出笑颜，我才感到我仍像以前一样健康。

这样，他就道出了生命的根本意义。在我看来，这就是莫里老人最后课程的主旨。

因此，学生懂了：老人的健康心态并不是心理调节的结果，他有一种更大的胸怀。什么叫作活着？答曰：一个能够救助其他生命体的生命过程。

床边的人在为他的病痛难过，他却因此想到了世界上比自己更痛苦的人。结果，全部自身煎熬都转化成了关爱。

学生们原来为了分散他的病痛而让他看新闻，而他却看着看着突然扭过头去，为新闻中半个地球之外的人在悄悄流泪。

四、终身的教师

老人的这种胸怀，是宣讲性的，又是建设性的，直到生命的最后时刻还在建设。

他的有些感受，是讲课前刚刚才获得的。譬如他此刻又流泪了，是为自己没有原谅一位老友而后悔。老友曾让自己伤心，但现在老友死了，死前曾多次要求和解，均遭自己拒绝。现在莫里一回想，无声地哭泣起来，泪水流过面颊，淌进了嘴唇。但他立即又意识到，应该原谅别人，也应该原谅自己，至少在今天，不能让自己在后悔中不可自拔。人生，应该沉得进去，拔得出来。

这是一种身心的自我洗涤，洗去一切原先自认为合理却不符合关爱他人、奉献社会的大原则的各种污浊，哪怕这种污浊隐藏在最后一道人生缝隙里。他把自己当作了课堂上的标本，边洗涤、边解剖、边讲解，最后的感受就是最后一课，作为教师，他明白放弃最后一课意味着什么。

由此想到天下一切教师，他们在专业教育上的最后一课都有案可查，而在人生课程上，最后一课一定也会推延到弥留之际。可惜那时他们找不到学生了，缥缈的教室里空无一人。最重要的话语还没有吐出，就听到了下课铃声。

毕竟莫里厉害，他不相信一个教师张罗不出一个课堂，哪怕已到了奄奄一息的时分。果然他张罗起来了，允许电视镜头拍下自己的衰容，然后终于招来学生，最后，他知道，这门课程的听讲者将会遍布各地。

一天，他对米奇说，他已经拟定自己墓碑的碑文。碑文是：

"一个终身的教师。"

十分收敛，又毫不谦虚。他以最后的课程，表明了这一头衔的重量。

现在，他已在这个碑文下休息，却把课堂留下了。

课堂越变越大，眼看已经延伸到我们中国来了。我写这篇文章，是站在课堂门口，先向中国的听课者们招呼几声。

课，每人自己慢慢去听。

（本文是为《相约星期二》中文版写的序。本书出版后大为畅销，很快成为"全国十年来最畅销的十本书"之一。在那十本书中，我已占了三本，有了它，就被广泛报道为"十本书中一人独占四本"。其实这一本不应该算在我的名下，我只是写了这篇序言。）

短文一束

说明：

本辑汇集了我平日所写的几十篇短文。选择的标准，是呼应全书的主旨，着眼于君子人格的构建。

其中某些短文，摘录自以前的一些演讲和文章，可能在什么地方发表过。因此，我在选择时多了一条标准，那就是不能与《秋雨合集》中的其他文章重叠。如有重叠，随即删去。这是因为，本辑归属于《君子之道》，《君子之道》归属于《秋雨合集》。一整套书就像一个大家庭，应该各得其所，相互守望，不可缠绕。

就《君子之道》这本书而言，读者在前面穿越了那么多在春秋战国时代就种下的大树，那么，到这里，放松一下，看看这些摇曳的灌木。这是一种调剂，也是一种补充。

消　失

你一定要走吗，失望的旅人？

你说，这里锐眼太多，亢奋太多，夜话太多，怪笑太多，让你浑身感到不安全。

你说，你要找一个夜风静静，鼾声轻轻，表情土拙，善意弥漫的所在。

我说，别急，留一阵子吧。留下看看，看夜风能否吹熄夜话，土拙能否磨钝锐眼，鼾声能否盖过怪笑，善意能否控制亢奋？

我说，也许能。

你说，也许能，但自己已经没有这般时间和耐心。

没有马，但你的披风飘起来了，你走得很快。

直到你走得很远，我还在低声嘀咕：你一定要走吗，失望的旅人？

你说，已经等了很久，等不到善意了。你不愿意诅咒，不愿意咆哮，不愿意随俗，只想消失。

其实，我也多次想过消失。消失是容易的，也是必然的。

像城头飘过的歌，像树上栖存的鸟，我们迟早都会消失。

想到消失，一切坐标回归空白，一切言词全都褪色，一切关系弦断琴毁……

但是，也有一种可能，在消失中留下一个实验性的游戏。那就是，试着整理出一个小小的窝棚，藏下我们的愿望。过些天，或过些年，有牧民来访，或有路人推门。他们可能在里边看到什么，听到什么。然后，口口相传，曲折传递，生生不息。

毁　灭

　　是梅里美吧，还是与他同时的一个欧洲流浪作家，记不清了，在旅行笔记里留下一段经历。

　　总是瘦马、披风，总是在黄昏时分到达一个村庄，总是问了三家农舍后到第四家才勉强同意留宿。吃了一顿以马铃薯为主的晚餐后刚刚躺下，就听到村子里奇怪的声音不断。

　　似乎有人用竹竿从墙外打落一家院子里的果子，农妇在喝阻。又有人爬窗行窃被抓，居然与主人在对骂。安静了片刻，又听到急切的脚步声，一个在逃，一个在追……

　　流浪作家感到惊讶的是，始终没有一家推出门来，帮助受害者抓贼。因为在他听来，那些窃贼并非什么外来大盗，而只是一些本地小流氓而已。

　　他长时间地竖着耳朵，想听到一点点儿除了窃贼和被窃者之外的声音，哪怕是几声咳嗽也好，但全村一片寂静。

　　他终于想自己出门，做点儿什么。但刚要推门却被一个手掌按住，壮实的房东轻声而严厉地说："你不要害我。你一出去，明天他们就来偷我家的了！"

三年后，流浪作家又一次路过了这个村庄。仍然是瘦马，披风，仍然是黄昏，农舍。但他很快就发现，所有农舍的门都开着，里边空空荡荡。

他急步行走，想找个什么人问问，但走了两圈杳无人影。他害怕了，牵着瘦马快速离开，投入暮色中的荒原。

村庄废弃了，或者说毁灭了。

我也算是一个走遍世界的资深旅行者，因此可以代表一切旅行者表述一个感想：任何地方的兴衰玄机，早被我们看在眼里了。不必调查，不必久留，只需几天，甚至一晚，就有某种预感。

欧洲档案

那个流浪作家的所见所闻，只局限于一个村庄。其实放大了看，一个城市，一个地区，一个民族，也同样如此。

我在托莱多（Toledo）的一所老屋里读到过一些档案。陈旧的纸页记录了一座城市，在中世纪曾经有四十多万人被宗教裁决所作为"异教徒"处决，定罪的全部根据，是告密、揭发、诬陷、造谣、起哄。

执行死刑那天，全城狂欢，揭发者和告密者戴着面套，作为英雄走在游行队伍最前面。批判者也就是起哄者不戴面套，道貌岸然地紧随其后。再后面是即将处死的被害者，全城百姓笑闹着向他们丢掷石块和垃圾。实证意识、怀疑精神、同情心理，一丝无存。甚至，连下次会不会轮到自己的担忧，也一点儿看不出来。大家都在"驱魔亢奋"中，表演着自己的纯净和高超。

因此，告密、揭发、诬陷、造谣、反咬、上纲、批判、起哄，成了多数人的主流职业。把一个疑点扩大成滔天大罪的程序，也操作得非常娴熟。把邻居亲族告发成天生魔鬼的步骤，已演练得不动声色。除了虐杀，就是狂欢，除了狂欢，就是虐杀，几乎成了当时全民的共同心理法则。

虐杀和狂欢的高潮终于过去，共同的心理法则却沉淀下来，渗透到每条街道、每个农舍之中。于是，城市和村庄以另一种方式走向毁灭。

因此，我一直认为，对城市和村庄带来最大灾祸的，未必是土匪、窃贼和灾荒，而更有可能是告密、诬陷、造谣和起哄。

由于正反例子看得太多，我敢于说这样一段话：宁肯容忍社会上存在一些流氓、贪官和窃贼，也绝不容忍全民性的告密、诬陷、造谣和起哄。

存灭之理，兴亡之道，常被大家误读了。

那番月色

森严的历史天域中，有烈日，有黑云，也有清风，有月色。

历史的暴虐程度，其实远远超过我们的想象。一场场战争的残酷性，显然已经被轻描淡写。"毁城三座"、"灭杀行军途中一切活物"、"必使此国永久荒芜"的事端，时有发生。而且，规模越来越大，行动越来越快，心肠越来越硬。

所谓"一代霸主"，主要是比残酷，比那种以庞大的军力所制造的残酷。尽管，他们都会打出很多堂皇的旗号。有人想替代他们，超越他们，也是在残酷上做足文章。这个势头很难遏止，因为此处的逻辑是输赢，是胜败，是荣辱，是王寇，根本没有慈善的地位。

杜甫的劝说那么无奈："杀人亦有限，立国自有疆。"因为他天天看到的，是无限的杀戮，无穷的掳掠。

然而正在这时，一些看似不重要的人物出现了。他们凭着被一代霸主看重的才干，取得了某些信任，某种职位。然后，以谋略为借口，提出了控制残酷的原则。他们很多失败了，身首异处，血迹斑斑；但是，偶尔又成功了。

那个月色朦胧的夜晚，一位谋士走出营帐，抬头观看月色。他刚才的两个建议已被采纳：昨天的三万俘虏免杀，明天的一场恶战取消。

只有月亮知道，世间一大批生灵得以延续。这些生灵中，或许有我们的血缘祖辈。

但是，我们的历史书籍却永远漠视这番月色。它们只愿记录昨天的绝招、今天的攻伐、明天的斩获。

拼命挥手

这个故事，是很多年前从一本外国杂志中看到的。我在各地讲授文学艺术的时候，总会频频提及。

一个偏远的农村突然通了火车，村民们好奇地看着一趟趟列车飞驰而过。有一个小孩特别热情，每天火车来的时候都站在高处向车上的乘客挥手致意，可惜没有一个乘客注意到他。他挥了几天手终于满腹狐疑：是我们的村庄太丑陋？还是我长得太难看？或是我的手势错了？站的地位不对？天真的孩子郁郁寡欢，居然因此而生病。生了病还强打精神继续挥手，这使他的父母十分担心。

他的父亲是一个老实的农民，决定到遥远的城镇去问药求医。一连问了好几家医院，所有的医生都纷纷摇头。这位农民夜宿在一个小旅馆里，一声声长吁短叹吵醒同室的一位旅客。农民把孩子的病由告诉了他，这位旅客呵呵一笑又重新睡去。

第二天农民醒来时那位旅客已经不在，他在无可奈何中凄然回村。刚到村口就见到兴奋万状的妻子，妻子告诉他，孩子的病已经好了。今天早上第一班火车通过时，有一个男人把半个身子伸出窗外，拼命地向我们孩子招手。孩子跟着火车追了一程，回来时已经霍然而愈。

这位陌生旅客的身影几年来在我心中一直晃动，我想，作家就应该做他这样的人。能够被别人的苦难猛然惊醒，惊醒后也不做廉价的劝慰，居然能呵呵一笑安然睡去。睡着了又没有忘记责任，第二天赶了头班车就去行动。他没有到孩子跟前去讲太多的道理，只是代表着所有的乘客拼命挥手，把温暖的人性交还给了一个家庭。

孩子的挥手本是游戏，旅客的挥手是参与游戏。我说，用游戏治愈心理疾病，这便是我们文学艺术的职业使命。

终极推荐

长久以来，我向学生推荐得最多的一本书，是海伦·凯勒的《我的世界》。即使学生只要求我推荐专业书，我也会加上这一本。

我切身体会，这是有关善和爱的最佳课本。因此，也就成了我的"终极推荐"。

一个又聋又哑又盲的孩子，有什么途径能让她完成教育，使她进入文明世界？不管怎么想，都没有途径。

但是，善和爱创造了旷世奇迹，不可思议的一条道路出现了。海伦·凯勒走通了这条道路，几乎使所有读过这本书的人都会重新珍惜"活着"这件事。它从生命的极地，告诉大家生命是什么。

当初要教育海伦·凯勒，首先要进入她聋、哑、盲的无边黑暗。还不仅如此，那时的她，早已因彻底绝望而变得凶悍，时时狂怒、咆哮。是那位伟大的教师莎莉文，用手指对手指的触摸，开始了第一步。

从来不知道光明是什么的人是不会追求光明的。莎莉文老师的每一步，都包含着重新堕向黑暗的极大可能。如果说，这种可能是千钧磐石，那么，莎莉文老师的努力只是一丝柔韧的细线。这场拉力对抗赛的结果是千钧磐石宣告失败，原因是，柔韧细线牵连着善和爱。

而且，这种善和爱是历史的结果。

莎莉文老师本人在童年也曾陷落于这样的黑暗，眼睛也几乎瞎掉，又患了结核，她暴躁、嘶喊、怒吼、东撕西摔……

把莎莉文老师拉出黑暗的是莫美丽老师、霍布金太太、玛琪、卡罗太太……一大串名字。而她们背后呢？不必细问了，是更长、更大的一串。

莎莉文老师把这一大串名字里边所包藏着的善与爱，加倍地灌输给了海伦·凯勒。海伦·凯勒则转而向全世界灌输，其中包括我。

这就明白了，善和爱，是一场代代相传而又艰苦卓绝的接力赛，只是为了把人类拉出无边的黑暗。

几个看起来毫无希望的人，居然给自己和别人带来了无限希望。这些奇迹说明，人间天堂人人可进，不要高墙，不要禁卫，不要门票，也不要通报。不管你身陷何种深渊，只要愿意朝着天堂抬脚迈步，你就进了。

原野孤马

事情发生在非洲东部，一大群角马在长途迁徙。

河水湍急，马群争渡，而河岸又是那么陡峭而松软。河中游弋着很多鳄鱼，只等待马匹掉队，成为他们的口中之食。果然，一次掉队，一汪血水，惨不忍睹。

今天这匹小马，跟随着它庞大的家族，开始渡河。所有的长者都渡过去了，而且都上了岸。唯独它，虽已渡过却攀不上岸，已三次攀到半坡摔下。水中的两条鳄鱼，正向它游去。

它的家族，那些长者，都看到了这一切。它们回头，略加关注，但只放缓了脚步，却没有停步。它们终于集体扭过头去，去追随一个高大的目标。

被放弃了的小马自己没有放弃。它又失败了一次，而终于，它成功了。它上岸后，回头看了一眼惊讶的鳄鱼，然后扭正躯体，轻轻试步，向前走去。

前面，是自己长辈们的背影。它只要一奋力，很快就能追上。平日它也总是这么追赶的。但今天，刚刚提蹄，又轻轻放下。它只是慢慢地向前踱步，不再追赶。

它踱步的姿态，使它成了马中的"思想者"。它从此离群，不再有家族，不再有长辈，成了一匹东非沙漠中的孤马。危险，却自在。

它不再害怕危险。因为它体验了，真正遇到危险，原来想依靠的群体，完全靠不上。

那么，再说一说那个丢下小马狠心远去的马群家族。它们去追随一个高大的目标，突然发现，这个目标停下了。于是，千万匹马都停下了，拥挤得漫山遍野，不知何去何从。

原来，这个高大的目标是一头长颈鹿。它只因高大而被追随，却不知道自己为什么成了领袖。它不明白今天身后怎么有了蚁群般的热闹，还以为自己遇到了不测的灾祸，十分困惑，因此停步。可爱的长颈鹿，拥有一种空洞而不自觉的高大，它的全部光辉，只是"被崇拜"了。

现在，在那辽阔的原野上，只有两个奇特的动物，那就是不知自己为什么重要的长颈鹿和那匹终于创造了自己重要的小马。其他动物，虽然数量庞大，但只知崇拜和背弃，完全不值一提。

大选择

　　人生是由许多小选择组成的，但也会遇到大选择。

　　小选择和大选择的区别，并不完全在于事情的体量和影响。

　　一只关在笼子里的天鹅在世界美禽大赛中得了金奖，偶尔放飞时却被无知的猎人射杀，这两件事都够大，但对这只天鹅来说，都不是它自己的选择。

　　相反，它的不起眼的配偶在它被射杀后哀鸣声声、绝食而死，则是大选择。

　　我毕生最满意的事情，是全由自己做出了一系列大选择。

　　曾经有一些报刊嘲讽我，人生越做越小。他们所说的"小"，不是指生命空间，而是指官职官位，至少是中国文化界热衷的"半官位"。他们看我，不仅彻底辞去了院长职位，而且连文联、作协也未曾参加，与人大、政协也完全无关联。结果，成了一个人人都敢诽谤而无力还手的人。他们猜测了很多原因，最后只得笑一声："咎由自取！"

我心里暗喜。因为这一切，确实都是"咎由自取"，出于我自己的主动选择。如果不这么选，那是容易的，而我，则选了艰难。像一个脱队的冒险家攀上了一条险峻的山道，偶尔俯视，发现大家还在平地上拥挤喧哗。

我的每次选择，都关及天道伦理、历史筋脉，读《吾家小史》、《何谓文化》就知道了。从二十岁开始到现在，每年必选，每选必大，每次大选择都必然会招来一片嚷嚷，足以验证我的选择超尘脱俗，不同寻常。

至此我可以告诉自己崇拜的法国哲学家萨特的在天之灵了："我，选出了我。"

在一次次重大选择之前，我什么也不是。

模特生涯

我在读初中的时候一心迷恋绘画，好像也已经达到了一定的水平，经常被邀去为一些大型展览会作画，不少老师也把我的画挂在他们自己家里。到初中二年级，我终于成了美术课的"课代表"。

回想起来，我们的美术老师陆先生实在是一个高明之人。他反对同学们照范本临摹，而重视写生。写生的重点又渐渐从静物、风景上升到人体。做人体写生需要模特，但初中的美术课哪能去雇请专职模特？当然只能在同学们中就地取材，我作为美术课代表，首当其冲。

不用脱光衣服，只是穿了内衣站在讲台上，让大家画。所有同学都冲着我笑，向我扮鬼脸。把我引笑了，又大声嚷嚷说我表情不稳定，不像合格的模特，影响了他们的创作。

站了整整两节课，大家终于都画完了。老师收上大家的画稿，给我看。这一看可把我吓坏了，奇胖的，极瘦的，不穿衣服的，长胡子的，发如乱柴的，涂了口红的，全是我。而且，每幅画的上端，都大大咧咧地写了我的名字。老师一边骂一边笑，最后我也乐了。

陆老师把我拉到一边说，你真的不该生气。如果画得很像，就成了照相，但美术不是照相。同学们乐呵呵地画你，其实是在画他们自己，这才有意思。

陆老师看了我一眼，说出了那句高于我当时接受水平的那句话："天下一切画，都是自画像，包括花鸟山水。"

我为什么被这般"糟蹋"？因为我站在台上，突然成了公众人物。全班同学必须抬头仰望我，因此也取得了随意刻画我的权利。这是被仰望的代价。画得好或不好，与我关系不大，只取决于各位同学自己心中的图像。老师一一为他们打了分，但这些分数都不属于我，属于他们。

几十年后我频频被各种报刊任意描绘、编造，形象越来越离奇，而且三天一变，层出不穷。很多朋友义愤填膺，认为那是十足的诽谤和诬陷，应该诉诸法律。但是大家都看到了，我一直平静、快乐，甚至不发任何反驳之声。

为什么？朋友们问，读者也问。

我在心里回答：我上过美术课，做过模特儿，有过陆老师，因此早就知道，他们其实在画自己。

当然不像我。当年同学们为什么在每幅画像上都大大咧咧地写上我的名字？因为他们知道不像，才标上一个名字。

这情景，与报刊上的情景也大体类似。

示　众

"文革"中有一件小小的趣事，老在我的记忆中晃动。

那时学校由造反派执掌，实行军事化管理，每天清晨全体师生必须出操。其实当时学校早已停课，出完操后什么事也没有了，大家都作鸟兽散，因此，出操是造反派体验掌权威仪的唯一机会。

这事很难对抗，因为有震耳欲聋的高音喇叭在催促，你如果不起床，也没法睡了。但是，大家在操场上惊异地发现，还是有几个自称"逍遥派"的同学坚持不出操，任凭高音喇叭千呼万唤，依然蒙头睡觉。这有损造反派领袖的脸面，于是他们宣布：明天早晨，把这几个人连床抬到操场上示众。

第二天果然照此办理。严冬清晨的操场上，呼呼啦啦的人群吃力地抬着几张高耸着被窝的床出来"示众"了。

造反派们一阵喧笑，出操的师生们也忍俊不禁。然而接下来的事情就麻烦了。

难道强迫这些"逍遥派"当众钻出被窝穿衣起床？可以想象，他们既然被人隆重地抬出来了，那么起床也一定端足架子，摆足排场，甚至还会居高临下地指点刚才抬床的同学，再做一点儿什么。如果这样做，他们也太排场了，简直像老爷一样。

于是造反派领袖下令："就让他们这样躺着示众！"

但是，蒙头大睡算什么示众呢？这边是凛冽的寒风，那边是温暖的被窝，真让人羡慕死了。

造反派领袖似乎也觉得情景不对，只得再下一道命令："示众结束，抬回去！"那些温暖的被窝又乐颠颠地被抬回去了。

后来据抬床的同学抱怨，这些被抬进抬出的人中，至少有两个从头至尾都没有醒过。

由这件往事，我想起很多道理。

示众，只是发难者单方面的想法。如果被示众者没有这种感觉，那很可能是一种享受。

世间的惩罚，可分直接伤害和名誉羞辱两种。对前者无可奈何，而对后者，那实在是一个相对的概念。一个人要实施对另一个人的名誉羞辱，需要依赖许多复杂条件。当这些条件未能全然控制，就很难真正达到目的。

蒙头大睡，这实在是最好的抗拒，也是最好的休息。抗拒在休息中，休息在抗拒中。

而且，在外观上，这一面彻底安静，那一面吵吵嚷嚷，立即分出了品级的高低。

这就是为什么，许多常受围攻的人士始终名誉未倒，而那些尖刻的大批判专家劳苦半辈子却未能为自己争来一点儿好名声。

让那些新老造反派站在寒风中慷慨激昂吧，我们自有温暖的被窝，乐得酣睡。

抬来抬去，抬进抬出，辛苦你们了。

高谊无声

人生在世，在寻常等级上，被米麦果蔬喂养；在至高等级上，由一系列美丽景象滋润。

这些美丽景象，也许是远行回乡看到满村炊烟如条条白裙舞动，也许是登上高坡发现秋山枫叶如红海奔涌，也许是层层废墟间忽见一群阿拉伯孩子羞涩的笑容，也许是严冬的江边有几排大树挂满了雾凇……

一切美丽景象并不仅仅是记忆，而会沉入脑海，铭刻心底，构建成一种乐于活在这个世界上的生命哲学。

人际交往中也有一些美丽景象，其中一部分，也会长久存在，并且契入自己的精神基座。这些美丽景象，一般都是在危难时刻突然出现，来也悄悄，去也悄悄。

我说过，平生遭受最大的诬陷之一，是我为四川地震灾区捐建了三个图书馆，因没有转经中国红十字会的账号而被几个网络推手诬谤为"诈捐"，居然引发全国声讨。连图书馆修建地的证明，也被声讨所淹没。

正当我觉得一片天昏地暗、不想再辩一句之时，很多硕大的信封默默向我飞来。拆开一看，是天南地北很多杰出文化人为那三个图书馆的题词。

我看着每份题词后面的签名，眼前就出现了一个个面容，不禁在心中默默轻问：你们，怎么全都知道了我的处境？

北京寄来的题词，是王蒙的签名。

天津寄来的题词，是冯骥才的签名。

西安寄来的题词，是贾平凹的签名。

宁夏寄来的题词，是张贤亮的签名。

香港寄来的题词，是刘诗昆的签名。

台北寄来的题词，是白先勇的签名。

高雄寄来的题词，是余光中的签名……

他们什么也不说，什么也不问，只是相信了一个人，便毫不犹豫地把自己的姓名交给了这个人。

同样的情景以前也发生过。上海一个文人诬称我的书中有大量"文史差错"，全国一百五十几家报刊转载，几乎成了定案。但后来听说，远在境外，就有不少大学者在报刊上不断为我辩护，却始终没有告诉我。他们是，经济学家张五常，著名作家倪匡，著名学者焦桐，著名评论家陶杰……

由此我相信了：高谊无声。

由此我相信了：越无声，越入心。

在无声中飞来的一个个大信封，飞向压城的黑云间，飞向喧嚣的旋涡中，这景象，也以一种特殊的审美方式阐释了生命哲学，必定成为我的终身贮存。

北极雪路

　　那年，我与香港凤凰卫视一起考察人类重大文明遗址完毕，决定到北极画一个句号。从赫尔辛基出发，要驱车十七小时，刘长乐先生从香港赶来执意亲自为我驾车。在漫天大雪之中，不再有其他风景，不再有方向和距离。似乎一切都停止了，消失了，抽象了。

　　只有两个人，局缩在这么一个小空间里，也是够枯燥的。我对长乐说，我和考察队离开熟悉的世界已经很久，天天赶路，天天逃奔，好几个月没看过电视，读过报纸。幸而现在，他这么一个国际传媒大王坐在我身边，要与我相处那么长时间。因此正好请他为我补课，介绍近半年来，国际发生了什么，中国发生了什么。

　　长乐一听，满口答应。他说："我天天泡在新闻里，只要是重要的，就什么也丢不了。"

　　好，先讲国际，再讲国内。

他开始回忆。我发现，他的表情，已经从兴奋渐渐转向了迷惘。

过了一会儿，他开始给我讲国际。但每件事都讲得很简单，一共只讲了十分钟，就没了。

"怎么，没了？"我很惊奇。

"是的，没了。很多国际新闻，当事情过去之后，连再说一遍的动力也没有了。因为，已经一点儿也不重要。"他说。

我听起来，他选出来讲的那几项，也都不算重要。

接着讲国内。那就更加奇怪，只讲了五分钟，他便笑着说："就这一些，其他都不值一提了。"

一共十五分钟，就讲完了国际、国内整整半年的重要新闻。

没有任何新闻刺激我，但这事本身，却对我产生了强烈的刺激。

我做了一个反向对比。这半年，我的老朋友们，天天都在追赶新闻，使他们很忙，很累，很乱。但是，我却用十五分钟就全盘解决。半年有多少分钟，不去细算了，但对比已经建立。这证明，老朋友们半年来关注新闻的全部努力，绝大多数浪费了。

在他们天天追随新闻的半年中，我在做什么？我在考察，我在写作。华文世界的读者和观众，天天都在"阅读"我。而我，确实也完成了一部比较重要的著作。与浪费了半年的老朋友相比，我是"大赚"了。

由此我更加懂得，当代民众所享受的新闻拥塞、网络井喷，其实是一种"反向占取"。也就是说，大量无价值的新闻，把民众的珍贵生命占取了。

生命苦短，有去无回。任何人都不可能重新拥有这个季节的这一天，更何况是半年。相反，信息，却时时刻刻如浊潮涌来，毫无节制，而且绝大多数质量低劣，几乎全部与接收者无关。因此，这是一种极不公平的互相占取。

凭着这个实例，我可以规劝学生了：不要离信息太近，不要用电脑太勤，不要被它们占据得太深，不要让它们吞噬得太狠。疏远它们，才有我们自己的土地。看看我吧，连手机、电脑都没有摸过，却似乎并没有因此而傻，因此而木，因此而笨。

咳，北极的启示，冰清玉洁，冷冽透彻。

一气而亡

我的朋友，在我远离期间，死了。

他为了一件不大的事，找过很多人。多数都是要人，对于他们而言，要解决那件事，只是举手之劳，而且，是非公道，一清二楚。

但是，谁也不愿举手，因为他们担心，那件不大的事情背后，也许会有一丝不确定的因素。他们与我朋友的友情和承诺是早就确定了的，却为了那一丝还没有出现的不确定，消释了。

是非公道，也全归于零。

他们的冷漠和婉拒，剥夺了我朋友的人格尊严。如果这样做是出于捍卫他们自己的人格尊严，那倒罢了，却不是。他们从头到底都不太在乎自己和别人的人格尊严。他们温和地告诫我的朋友："这就是当今中国官场的一种处事原则，你在外面待久了，不明白。"

我的朋友明白了，他吐血而亡。

有人说，事情很小，犯不着搭上生命。但他们不知，事情的大小不能光看表面情节。上海公共汽车上一个老人无故遭到售票员的侮辱，当场气死。

我的另一位朋友还健康地活着，他叫周涛。

他写道，北方寒冷，人们要在地窖里躲好几个月，幸好那个地窖的上方玻璃窗上，天天有一只小鸟来与人们隔窗逗趣。人们一天也离不了那只守信的小鸟。

春天来了，人们移开玻璃窗的第一件事，是把那只小鸟抓在手里。当手掌慢慢伸开就发现，小鸟已经死了——它是被气死的。

自废功夫

有人类，就有嫉妒。这是这个星球最通行的负面"世界语"。

但是，在中国人的日常生活中，它的通行程度堪称全球第一。

嫉贤妒能，是中华民族生命力的最大泄漏口。

嫉妒的起点，是对于自身脆弱的隐忧。

但是，一嫉妒，反把自己闹得更脆弱、更低能了。

嫉妒使感受机制失灵，判断机制失调，审美机制颠倒。连好端端一个文化人，也会因嫉妒而局部地成了聋子、傻子和哑巴。

例如从理智上说，一个心怀嫉妒的女演员也会知道某位同行的美貌。但是，自从有一天警觉到对方的美貌对自己的负面意义，就开始搜寻贬低的可能。这种搜寻，未必有实质成果却有心理恶果，久而久之，对于对方的美貌已经从不愿感受，发展到不能感受。那便造成了自身感受系统的错乱。

同样的道理，一位诗人突然对别人的佳句失去了欣赏能力，一位音乐家在同行优美的乐曲中表情木讷，一位导演对着一部轰动世界的影片淡然一笑，一位美术教授在讲述两位成功画家时把头摇得像拨浪鼓一样……

如果他们只是端架子、摆权威，内心方寸未乱，毛病还不算太重。如果他们确实已经因嫉妒而颠倒了美丑，闭锁了感受，事情就可怕了。那等于是武林高手自废功夫，半条生命终结。

辟谎三策

世上的谎言，究竟有多少能破？

据我的生活经验，至多只有三成。在这三成中，又有两成是以新的谎言"破"了旧的谎言。

因此，真正有可能恢复真相的，只有一成。

有此一成，还需要种种条件。例如，正巧制造了这个谎言的人智商太低，正巧不利于谎言的人证、物证不小心暴露出来了，正巧遇到了一个善于分析又仗义执言的人，正巧赶上了某个"平反"时机……

"谎言不攻自破"的天真说法，虽然安慰了无数受屈的人，却更多地帮助了大量造谣的人。因为按照这个说法，没有"自破"的就不是谎言，造谣者高兴了。

谎言的最强大之处，不在它的内容，而在它所包含的"免碎结构"：被它攻击的那个人虽然最知真相、最想辟谣，却失去了辟谣的身份。

因此，以谎言的剑戟伤人，完全可以不在乎受害者的直接抵抗。造谣者稍稍害怕的，是别人的质疑。但质疑是双向的，既质疑着谎言，更质疑着受害者。

因此，谎言即便把自己的能量降到最低，也总有一半人将信将疑。

总之，我们对于谎言基本上无能为力。剩下的，只有上、中、下三策。

下策：以自己的愤怒，与谎言辩论；

中策：以自己的忍耐，等谎言褪色；

上策：以自己的业绩，使谎言失重。

恶者播弄谎言，愚者享受谎言，勇者质疑谎言。

衰世受困于谎言，乱世离不开谎言，盛世不在乎谎言。

蟋　蟀

　　一次小小的地震，把两个蟋蟀罐摔落在地，破了。几个蟋蟀惊慌失措地逃到草地上。

　　草地那么大，野草那么高，食物那么多，这该是多么自由的天地啊。但是，它们从小就是为了那批人"斗蟋蟀"才抓在罐子里的，早就习惯于年年斗，月月斗，天天斗。除了互咬互斗，它们已经不知道为什么爬行，为什么进食，为什么活着。

　　于是，逃脱的喜悦很快就过去了，它们耐不住不再斗争的生活，都在苦苦地互相寻找。听到远处有响声，它们一阵兴奋；闻到近处有气味，它们屏息静候；看到茅草在颤动，它们缩身备跳；发现地上有爪痕，它们步步追踪……终于，它们先后都发现了同类，找到了对手，开辟了战场。

　　像在蟋蟀罐里一样，一次次争斗都有胜败。这方的胜者丢下气息奄奄的败者，去寻找另一方的胜者。没有多少时日，逃出来的蟋蟀已全部壮烈牺牲，死而后已。

它们的生命，结束得比在蟋蟀罐里还早。因为原先那罐子，既可以汇聚对手，又可以分隔对手，而在外面的自由天地里，不再有任何分隔。在罐子里，还有逗弄蟋蟀的那根软软的长草，既可以引发双方斗志，也可以拨开殊死肉搏，而在这野外的茅草丛里，所有的长草都在摇旗呐喊。

世上所有蹦跳扑斗，并不都是自由的象征。很大一部分，还在过着蟋蟀般的罐中日月、撕咬生平。而且，比罐中更加疯狂，更加来劲。

唉，中国文人。

棍　棒

在长白山的林间小屋前，我看到过几根猎户遗下的棍棒。

它们还没有从大地汲取足够的营养，还没有对世间绽放娇嫩的绿色，却被拔擢、被砍伐了。

它们变成了又枯又干、又硬又滑的棍棒。在驱赶禽鸟、棰击诸物的过程中，它们变得越来越骄横。

它们被使用得乌黑油亮，在"棍棒界"也算是前辈了。直到有一天，看到自己当年同龄的老伙伴们早已长成了参天巨树，它们才蓦然震惊，自惭形秽。

我不知道现在媒体网络间成千上万个年轻的"恶评家"，是否听懂了我的比喻，那就让我再说一遍——

树木本来可以有很多种用途的，最悲惨的是在尚未成材之前被拔离泥土，成了棍棒。

当它们还是鲜活树枝的时候，基本上不会对其他生命造成伤害。生命与生命之间，有一种无言的契约。

当它们开始成为伤害的工具的时候，它们已经失去了自己生命的根基，成了凶器。这时的它们，既可恶，又可怜。

更可怜的是，它们再也回不去了。"一日为棍，终生为棒。"它们已经泛不起早年的绿色，回不去茂密的森林。

文化传媒间的很多"棍棒"，都以为自己还能回去。回到山，回到林，回到泥，回到地。回到他们天真无邪的学生时代，回到大学里如梦如幻的专业追求，回到曾经一再告诫他们永不作恶的慈母身边。但是，很抱歉，他们已经完全没有这种希望。

跑　道

　　王小波先生生前说过，中国文化人只分两类：做事的人；不让别人做事的人。

　　不错，中国文化的跑道上，一直在进行着一场致命的追逐。做事的人在追逐事情，不做事情的人在追逐着做事的人。

　　这中间，最麻烦的是做事的人。在他们还没有追到事情的时候先被后边的人追到，什么也做不了了。

　　鉴于此，这些人事先订立了两条默契。第一条：放过眼前的事，拼力去追更远的事，使后面的人追不到，甚至望不到。这条默契，就叫"冲出射程之外"。然而，后面的人还会追来，那就只能指望他们也会累了。因此，第二条默契是："继续快跑，使追逐者累倒。"

　　我想，这也是历来文明艰难延续的跑道。

　　有人说，只需安心做事，不要有后顾之忧。

我说，没有后顾之忧的事情，做不大，做不新，做不好。

我做事的时候如果完全没有后顾之忧，证明我所做的事情没有撬动陈旧的价值系统，没有触及保守的既得利益，没有找到有力的突破因素。这样的事情，值得去做吗？

因此，重重的后顾之忧，密集的追杀脚步，恰恰是我们奔跑的意义所在。

不必阻断这样的赛跑。只希望周围的观众不要看错了奔跑者的身份，把前后两个敌对的身份混同，更不要在我倒下的时候，把你们对我的企盼交付给我背后那个人。

送葬人数

对于谣言的问题，我一直最愤怒、最无奈、最悲观。

我说过，我家几代人，都被谣言严重伤害，甚至被谣言剥夺了生命。我叔叔和爸爸的死亡，都与谣言有关。我自己近二十年来遭受谣言的伤害，更是达到了匪夷所思的地步。直到今天，还有很多昔日的朋友相信着这些谣言，传播着这些谣言。我无力辩驳，也不想辩驳了。

因此我断言，中国人直到死亡，也摆脱不了谣言的伴随。

死亡？想到这一点，我突然记起多年前董乐山先生的一篇文章，与死亡有关，也与谣言有关。那篇文章，倒让我稍稍产生了一点儿乐观。

董先生的文章讲了一个造谣者的人生故事。

这个造谣者就是美国专栏作家瓦尔特·温契尔。在整整几十年间，他既在报纸写文章，又在电台做广播，成天揭发名人隐私，散布流言蜚语。他的读者和听众居然多达五千万，即三分之二美国成年人！

这真可以算得上一位造谣大师了。一派胡言乱语，一旦借助传媒，竟然会引起三分之二成年人的兴趣，这实在让人悲观。

联想到我们今天国内的大量恶性谣言，也完全与传媒网络联系在一起。文明程度不高的国民，出于文字蛊惑和从众心理，又历来缺少实证思维和法律精神，后果自然更为严重。

但是，在美国，奇迹出现了。

五千万人听着他，却未必相信他；相信的，也未必喜欢他。

那年他去世，全美国来给他送葬的，只有一个人。

居然，只有一个人！

温契尔的晚境，可以拿来安慰很多遭受谣言伤害的人。受害者走投无路、要死要活，没有想到，那个造谣者才惨呢。你想提着棍子去找他算账吗？他已经主动亡故，而且，丧葬之地极其冷清。

人死为大。我们不必去诅咒温契尔这个人了。但是，五千万人与一个人的悬殊对比，会让我们进一步领悟谣言的特征。

但我又有点儿沮丧了，因为这事毕竟发生在美国。如果在中国呢？在葬礼上，"言论领袖"、"城市良心"、"社会脊梁"的名号大概丢不掉的吧？还有响亮的哀乐，看热闹的拥挤人群……

当然，葬过后，也会是一片冷清。这是东西方造谣者的共同坟墓。

学会蔑视

恶言脏语是不可忍受的。

问题是：谁让你忍受了？

喊着你的名字并不是一定要让你忍受，就像集市间的小贩拉住了你的衣袖，你可以拂袖而走，快步离去。

冲着你的脸面也并不是一定要让你忍受，就像排污口喷出一股异味，你不必停下脚步来细细品尝。

世上总有垃圾。对垃圾，我们可以处理，不想消受。

千万不要与他们辩论。

原因是，辩题是他们出的，陷阱是他们挖的，又不存在真正的裁判。这就像，硬被拉到他们家的后院，去进行一场"篮球赛"。

许多善良的人，总是在别人家的后院，一次次败下阵来。

当负面声浪围绕四周时，立即回想自己有没有真的做错什么。如果没有，那么就应该明白，这是对自己重要性的肯定，肯定自己以全新生态构成了对众人的挑战，肯定自己生命的超前和优越。

对肯定，有什么可以声辩的呢？

谦虚地领受吧，把骄傲藏在心底。

全部表情是：微笑着，又像是没笑。

中国有幸，终于到了这个时代，谁也可以不去理会那些拦路诘问者。

他们说你背上有疤，你难道为了证明自己清白，当众脱衣服给他们看吗？

须知，当众脱衣的举动，比背上有疤更其严重，因为这妨碍了他人，有违于公德。

而那些诘问者，看了你脱上衣，还会看上你的裤子……

还好，中国有幸，到了今天这个时代。

蔑视是一把无声的扫帚，使大地干净了许多。

让我们在学会尊重的同时，也学会蔑视。

叶　子

对于世间友情的悲剧性期待，我想借散文作家楚楚的一段话来概括。楚楚应该是女性吧，她借着一片叶子的口气写道："真想为你好好活着，但我，疲惫已极。在我生命终结前，你没有抵达。只为最后看你一眼，我才飘落在这里。"

我不知道楚楚这里的"你"是否实有所指，我想借用这个"你"，来泛指友情。

这片叶子，在期盼中活着，在期盼中疲惫，又在期盼中飘落，似乎什么也没有等到。但是，天地间正因为有无数这样的叶子，才动人心魄。

相比之下，它们期盼的对象，却不重要了。

期盼，历来比期盼的对象重要。正如我多次说过的，思乡比家乡重要，山路比出口重要，旅人眼中的炊烟比灶膛里的柴火重要。

同样，人类对友情的期盼，是在体验着一种缥缈不定、又游丝条条的生命哲学。而真正来到身边的"友情"，却是那么偶然。

但愿那个迟到了的家伙永不抵达。那就好让我们多听几遍已经飘落在地的呢喃，那些金黄色的呢喃。

正是这种呢喃，使满山遍野未曾飘落的叶子，也开始领悟自己是谁，该做什么。

理　解

　　大家总是喜欢喊一个口号："理解万岁。"这是一种非常希望别人理解自己，却又常常不被理解的弱者，在向社会呼吁。

　　但是，理解并没有那么重要。

　　何必因为害怕被别人误会而等待理解。现代生活各自独立、万象共存。东家的柳树矮一点儿，不必向路人解释本来有长高的可能；西家的槐树高一点儿，也不必向邻居说明自己并没有独占风水的企图。

　　做一件新事，大家立即理解，那就不是新事。

　　出一个高招，大家又立即理解，那也不是高招。

　　没有争议的行为，肯定不是创造。

　　没有争议的人物，肯定不是创造者。

　　如果眼巴巴地指望众人理解，创造的纯粹性必然会大大降低。平庸，正在前面招手。

　　回想一下，我们一生所做的比较像样的大事，连父母亲也未必能够理解。父母生育了我们却理解不了我们，这便是进化。

反过来，我们也不必羞愧自己对这个世界的不理解。

一切魅力，都与或多或少的不理解有关。

我们对这个世界知道得太少、太少，这是我们生存的悬念所在。无数的未知包围着我们，才使人生保留进发的乐趣。

如果真有哪一天，世界上的一切都能明确解释了，这个世界也就变得十分无趣。人生，也会成为一种简单的轨迹，一种沉闷的重复。如果那样，又何必辛辛苦苦地来折腾一遭？

白　马

那天，我实在被蒙古草原的胡杨林迷住了。薄暮的霞色把那一丛丛琥珀般半透明的树叶照得层次无限，却又如此单纯，而雾气又朦胧地弥散开来。

正在这时，一匹白马的身影由远而近。骑手穿着一身酒红色的服装，又瘦又年轻，一派英武之气。但在胡杨林下，只成了一枚小小的剪影，划破宁静⋯⋯

白马在我身边停下，因为我身后有一个池塘，可以饮水。年轻的骑手微笑着与我打招呼，我问他到哪里去，他腼腆地一笑，说："没啥事。"

"没啥事为什么骑得那么快？"我问。

他迟疑了一下，说："几个朋友在帐篷里聊天，想喝酒了，我到镇上去买一袋酒。"确实没啥事。但他又说，这次他要骑八十公里。

他骑上马远去了，那身影融入夜色的过程，似烟似幻。

我眯着眼睛远眺，心想：他不知道，他所穿过的这一路是多么美丽；他更不知道，由于他和他的马，这一路已经更加美丽。

　　我要用这个景象来比拟人生。人生的过程，在多数情况下远远重于人生的目的。但是，世人总是漠然于琥珀般半透明的胡杨林在薄雾下有一匹白马穿过，而只是一心惦念着那袋酒。

长　椅

我想复述三十多年前一篇小说的情节。

这篇小说当时是在一本"地下杂志"上刊登的，没有公开发表，我也是听来的，不知道作者是谁。但影响似乎不小，题目好像是《在公园的长椅上》。

写的是一个国民党人和一个共产党人的大半辈子争斗。两人都是情报人员，一九四九年之前，那个国民党人追缉那个共产党人，一次次差点儿得手，一次次巧妙逃遁；一九四九年之后，事情倒过来了，变成那个共产党人追缉那个国民党人，仍然是一次次差点儿得手，一次次巧妙逃遁，但毕竟棋高一着，国民党人进入了共产党人的监狱。谁知"文革"一来，全盘皆乱，那个共产党人被造反派打倒，与老对手关进了同一间牢房。大半辈子的对手，相互尽知底细，连彼此家境也如数家珍，年年月月的监狱生活使他们成了好友。

"文革"结束，两人均获释放。政治结论和司法判决都不重要，重要的是，两人已经谁也离不开谁，天天在一个公园的长椅上闲坐。

更重要的是，这一对互相追缉了大半辈子的男人，都已经非常衰老。终于有一天，一位老人只能由孙儿扶着来公园了。另一位本来也已感到了独行不便，看到对方带来了孙儿，第二天也就由孙女扶着来了。

双方的孙儿、孙女正当年华，趁着祖父谈话，便在附近一个亭子中闲聊开了。他们说得很投机，坐得越来越近。两位祖父抬头看去，不禁都在心中暗笑："我们用漫长的半辈子才坐到了一起，他们用短短的半小时就走完了全部路程。"

——这篇小说过于刻意纤巧，但在处处还是"政治挂帅"的时代，提供了一种以人生为归结的思维。怪不得，当时的公开杂志都不敢发表。

跋涉废墟

　　身为现代人，可以沉溺尘污，可以闯荡商市，可以徘徊官场；高雅一点儿，也可以徜徉书林，可以搜集古董，可以游览名胜。而我最心仪的，则是跋涉废墟。

　　跋涉废墟，不是一批特殊人物的专职，而应该成为一切文明人的必要修炼。

　　只有跋涉废墟才能明白，我们的前辈有过惊人的成就，又有过惊人的沦落。我们的生命从废墟中走出，因此，既不会自卑，也不会自傲。我们已经熟悉了夕阳下的残柱，荒草间的断碑，因此，不能不对尘封的历史文本投去深深的疑惑。

　　废墟把我们引向一部说不清、道不明的恢宏历史。从此，我们就会对着远来的长风眯起双眼，眼角中还会沁出泪水。

　　我读过很多史书。但是，我心中历史的最重要篇章，没有纸页，没有年代，没有故事，只有对一个个傍晚废墟的记忆。

　　我诅咒废墟，我又寄情废墟。

废墟吞没了我的企盼，我的向往。片片瓦砾散落在荒草之间，断残的石柱在夕阳下站立，书中的记载，童年的幻想，全在废墟中陨灭。千年的辉煌碎在脚下，祖先的长叹弥漫耳际。夜临了，什么没有见过的明月苦笑一下，躲进云层，投给废墟一片阴影，暂且遮住了历史的凋零。

但是，换一种眼光看，明智的历史不喜欢负重。废墟是毁灭，是葬送，是诀别，是选择。时间的力量，理应在大地上留下痕迹；岁月的巨轮，理应在车道间辗碎凹凸。废墟是课本，让我们把一门地理读成历史；废墟是过程，让人生把全部终点当作起点。营造之初就知道今天的瓦砾，因此废墟是归宿；更新的营造在这里谋划，因此废墟是出发。废墟，是进化的长链。

废墟表现出固执，活像一个残疾了的悲剧英雄。废墟昭示着沧桑，埋下了一个民族蹒跚的脚步。废墟是垂死老人发出的指令，话语极少，气氛极重，使你不能不动容。

废墟有一种苍凉的形式美，把拔离大地的美转化为归附大地的美。再过多少年，它或许还会化为泥土，完全融入大地。将融未融的阶段，便是废墟。

大地母亲微笑着怂恿过儿子们的创造，又颤抖着收纳了这种创造。母亲怕儿子们过于劳累，怕世界上过于拥塞。看到过秋天的飘飘黄叶吗？母亲怕它们冷，收入了宽大的怀抱。

没有黄叶就没有秋天，废墟就是建筑的黄叶。

只有在现代的热闹中，废墟的宁静才有力度；只有在现代的沉思中，废墟才能上升为哲学。

因此，古代的废墟，实在是一种跨越时空的现代构建。

现代，不仅仅是一截时间。现代是宽容，现代是气度，现代是辽阔，现代是浩瀚。

我们，挟带着废墟走向现代。

然而，我们现在似乎发现了越来越多更惊人的废墟，一次次颠覆着传统的历史常识和人类观念。

例如，考古学家在非洲加蓬的一个铀矿废墟中，发现了一个二十亿年前的"核反应堆"，而且证明它运转的时间延续五十万年之久。既然有了这个发现，那么，美国考古学家在砂岩和化石上发现两亿年前人类的脚印就不奇怪了，对于巴格达古墓中发现的两千年前的化学电池，更不必再惊讶……

这样的废墟，不能不使我们对自己的生存伦理也产生了怀疑。

人类承受不住过于宏观的怀疑。因此，只能回到常识，谈论我们已知的短暂的历史。从此，对废墟，只敢偷眼观看，快步绕过。